世界少年经典文学丛书

气球上的五星期

[法]凡尔纳 著

苗桂芳 编译

 中国出版集团 现代出版社

图书在版编目（CIP）数据

气球上的五星期／（法）凡尔纳（Verne, J.）著；苗桂芳编译. —北京：现代出版社，2013.2 （2025.1重印）

ISBN 978 - 7 - 5143 - 1325 - 3

Ⅰ.①气… Ⅱ.①凡… ②苗… Ⅲ.①科学幻想小说 - 法国 - 近代 - 缩写 Ⅳ.①I565.44

中国版本图书馆 CIP 数据核字（2013）第 022149 号

作　　者　凡尔纳
责任编辑　李　鹏
出版发行　现代出版社
通讯地址　北京市安定门外安华里 504 号
邮政编码　100011
电　　话　010 - 64267325　64245264（传真）
网　　址　www. xdcbs. com
电子邮箱　xiandai@ cnpitc. com. cn
印　　刷　三河市嵩川印刷有限公司
开　　本　700mm × 1000mm　1/16
印　　张　9
版　　次　2013 年 2 月第 1 版　2025 年 1 月第 4 次印刷
书　　号　ISBN 978 - 7 - 5143 - 1325 - 3
定　　价　39.80 元

序　言

　　孩子是未来的希望，是父母心中的天使，是充满快乐的精灵。小学阶段更是孩子最快乐的时光，是孩子成长发育的黄金阶段。为了让孩子学习更多的课外知识，享受更加丰富的学习乐趣，我们策划了本丛书！

　　从小让孩子多读课外书，对培养孩子健康的心态和正确的人生观无疑将起着非常重要的作用。自《语文课程标准》公布以来，不少富有敬业精神、有才干的教师，在他们的教学中，担当起阅读教育的重担。他们在严谨的选材中，利用丰富的文学资源，向学生推荐了大量优秀的课外读物，实施了以"练成阅读和作文的熟练技能"为重要内容的阅读教育。大千世界充满了丰富的知识。阅读能丰富小学生的语文知识，增强阅读能力，提高写作水平，开阔视野，增长智慧。阅读本丛书，能够使孩子享受到阅读的快乐，激发起更浓厚的阅读兴趣，孩子的生活将充满新的活力与幸福！本丛书精选了世界名著和中国经典书目中流传最广、影响最大、最脍炙人口的作品，是培养小学生理解能力、记忆能力、创造能力的最佳课外读物。

　　最后需要指出的是，本丛书把世界上流传甚广的经典童话、寓言等也尽收其中，并将这些文学作品重新编写审订，使作品在不影响原著的基础上更适合少年儿童阅读，在丰富他们课余生活的同时提高语言和文字表达能力。本丛书通过科学简明的体例、丰富精美的图片等有机结合，使小读者不仅能直观地领略作品的精髓，而且还能获得更为广阔的文化视野和愉快体验。希望本丛书能成为孩子生活的一缕阳光照亮孩子前进的道路，能成为一丝雨露滋润孩子纯净的心灵。

编　者

目　录

第一章

一次完美的演说结束——塞缪尔·弗格森博士的介绍——"Excelsior"① ——博士的肖像——坚定的宿命论主义者——"探险者俱乐部"的晚宴——人们彼此欢庆

1862 年 1 月 14 日，地点在滑铁卢广场三号，伦敦皇家地理学会有成千上百观众坐席。地理学会主席——弗朗西斯·莫 XX 爵士正在面对他优秀的同事们发表演说，演说异常精彩。

最后，这次煽情的演说在几句充满对祖国的热爱的话中结束：

"我们大英帝国能够一直引领世界的原因（因为，正如人们所见，总有一些国家会战胜其它国家），是有功于那些参与地理考察的英国旅行家们无私奉献的精神（大家都十分同意）。塞缪尔·弗格森博士，这个英国最聪明的孩子之一，他会使他的祖国更加荣耀（从各个方面：不会！不会）。如果此次结果胜利了（它一定会胜利的），非洲那些零落各地的国家将会在地图上被发展成为一个整体（大家表示赞同），而如果失败（这不可能！这不可能），这次试验最少也是人类智慧中前所未有最大胆的构想之一（大家激烈地鼓掌欢呼表示支持）！"

——"万岁！万岁！"全部会场因刚才这几句令人激动的话语而雀跃了。

——"为勇敢的弗格森庆祝，万岁！"一位性格豪迈的听众情不自禁高声呐喊起来。

狂热的呐喊声弥漫在会场里。任何人都在呼喊弗格森的名字，大家应自信这些英国人的叫喊声肯定会使弗格森这个名字响彻英国的。会议厅也

---

① 源自拉丁语，无与伦比之意。

似乎被这些欢呼声所惊动。

那些勇敢的英国探险家此时也在这里，他们不安分的性格曾经使他们环绕世界五大洲，而今天，虽然他们人多势众，却都变得年迈和疲惫！他们都曾经轻重不等有过精神或肉体上的困苦，他们历经过海难和火灾，他们受尽印第安人与野人的攻击，他们差点被绑在柱子上杀掉，他们差点成为波利尼西亚人的食物！然而所有艰辛都不能停止他们的心脏为弗朗西斯·莫XX爵士的演说而热情澎湃，的确，这是历史上，伦敦皇家地理学会史无前例最特别的演说。

只是，在英国，热情并非仅仅停留在言语上。这股热情的铸币速度比"the Royal Mint"①的硬币冲压机还迅速。为了表示对弗格森博士的肯定，会议立即通过一项补贴决议，这笔补贴的数目高达2 500英镑②。这样看来补贴的额度与事业的重要性是完美匹配。

一位学会的成员问主席，是否在本次会议上把博士介绍给大家。

弗朗西斯·莫XX爵士答道："这任何时候都成。"

"请让博士进来！"人们喊道，"请让博士进来吧！应该让我们面对面见识一下这位无所畏惧的英雄！"

"这难以置信的建议也许只是愚弄我们罢了！"一位病怏怏的老海军将军说道。

"弗格森是个幻影吧！"有人也跟随着叫唤起来。

"可以把他创造出来嘛！"也有人在这个庄重的学会里开起玩笑。

"让我们有请弗格森博士进来。"弗朗西斯·莫XX爵士提高声音地说道。

热烈的掌声中，弗格森博士走进了会场，但是他从容镇定。

这是位大概四十岁、不胖不瘦的中年人，红晕的脸庞说明他是个不安定的人。他面无表情，相貌还算端正，尤其是他的大鼻子，就像巨轮上突出的船首头像，这个鼻子表明博士的一生和地理探索有关。他的目光是柔和的，并且闪烁着他的聪明才智，这使他整个人充满了魅力；他的胳膊

---

① 伦敦皇家铸币厂。——原注
② 合62,500法郎。——原注

修长，看来他惯于走长路，而且步伐平稳有力。

博士的形象使人们难以想象他就是编造那善意的谎言的人物。

会场上的欢呼声和鼓掌声此起彼伏，只是在博士用和蔼的手势请大家安静的时候，这些欢呼声和鼓掌声才停止。博士走向他的专椅，然后站在椅子的正面，用坚定的眼神与大家对视，用他右手的食指指向天空，从他的口中，只说出了一句话：

"Excelsior！"

无论是布赖特①或科布登②独特的质询，又或者是帕默斯顿③勋爵为得到加强英国海防所需巨额经费而提出的要求，都无法取得跟博士今天相比拟。弗朗西斯·莫XX爵士的演说被停放后面。博士这时的样子严肃又不失温和，他在会场上只有一句话：

"Excelsior！"

老海军将军整个人被这个陌生人征服，他想在《The PrO—ceedings of the RoyaI Geographical Society of London》④ 上 "全文" 刊登博士今晚的演讲辞。

那么这位博士到底是个何许人也？他到底将是干什么的？

弗格森的父亲是一名勇敢的英国船长，在弗格森童年时候，他就带着儿子在大海上航行。这个令他感到自豪的孩子十分英勇，他聪明，喜欢思考，偏爱科学探索。此外，这个孩子还表现出不一般的远离困境的才能，任何事情他都有信心解决，他第一次用叉子就显得十分熟练，而别的孩子却望尘莫及。

后来，他就开始喜欢浏览涉及探险和海洋发现的各种报刊书籍，他对十九世纪早期的探索都很感兴趣；他向往芒戈－帕克⑤、布鲁斯⑥、卡

---

①　布赖特（1811—1889），英国政治家，以雄辩而出名。

②　科布登（1804—1865），英国经济学家、政治家。

③　帕默斯顿（1784—1865），英国政治家，当过外交大臣、首相。

④　伦敦皇家地理学会报纸。——原注

⑤　芒戈－帕克（1771—1806），英国探险家。

⑥　布鲁斯（1730—1794），苏格兰探险家。

耶①、勒瓦扬②的荣耀，甚至希望自己能成为鲁滨孙③的本人，以及塞尔扣克④一样的人。他梦幻着自己与塞尔扣克在胡安·费尔南德斯群岛⑤上一起探险。他经常赞扬这个遗弃之兵的想法，但是有时候，他也会对这个船员的计划有分歧；因为这样，他能比这个水手做得更好，是的，他一定行！不过，他可以承认的一点是，他永不离开那个岛的，在那个无人小岛上，他好像一个无人的国王；不，即使让他在现实生活当海军总司令他也不愿意！

现在就让我们一起想象一下小弗格森的这些性格是如何在年轻的他周游世界中成长的。他的父亲是一个学富五车的人，为了使自己的孩子拓展视野，他不仅让孩子了解水文地理学、物理学、力学等无趣的学科，他还让孩子了解一些植物学、医学和天文学等其他方面的知识。

当这位令人尊敬的老船长去世的时候，当时只有二十二岁的塞缪尔·弗格森就已经走遍了全世界。他在英国驻孟加拉军队中做一名工程师，并由于完成了几项任务而被人们所关注，但是军队的生活他并不喜欢。他不喜欢拘束。于是，他辞职了，边打猎，边采集植物的标本，然后就去了印度半岛的北部，他从加尔各答⑥开始出发，穿梭整个印度半岛，最后去了苏拉特⑦。而这次行动仅仅是一个业余人士的试探性旅行而已。

1845 年，他从苏拉特出发，前往澳大利亚并成为斯图特⑧船长的探险

---

① 卡耶（1799—1838），法国探险家。

② 勒瓦扬（1753—1824），法国探险家。

③ 鲁滨孙是丹尼尔·笛福的小说《鲁滨孙漂流记》中的主人公。

④ 塞尔扣克（1676—1721），苏格兰水手，因为与船长有分歧，他被抛弃在胡安·费尔南德斯群岛的一个孤岛上，并在该岛生活了五年（1704—1709），后获救。他的冒险游程成为丹尼尔·笛福的小说《鲁滨孙漂流记》的基本内容。

⑤ 胡安·费尔南德斯群岛，太平洋上的群岛。位于智利西面。1572 年由西班牙人胡安·费尔南德斯探索的三个小岛，并由他的名字命名。

⑥ 加尔各答，印度东部城市。

⑦ 苏拉特，印度西部城市。

⑧ 斯图特（1759—1869），澳大利亚探险家。

队的一员，他的任务是确认新荷兰①的中央是不是存在有像里海②一样的水域。

塞缪尔·弗格森大概在1850年左右回到英国，但是因为他狂热于地理探索，他就又与麦克卢尔③船长一起到环游世界去探险，他们先从白令海峡④出发，围着整个美洲大陆环绕，最后于1853年去了法韦尔角⑤。

虽然旅途疲惫，且气候恶劣，但是弗格森的体力充沛，他在困苦的环境中生活得快乐；他是天生的探险家，他什么都能吃也不怕饿，他睡觉也不挑床；他生活没有时差。

1855年至1857年，我们这位不知疲倦的旅行家又和施拉金韦特兄弟⑥到了西藏西部，并搜找了许多人在种植方面的观察记录。不过，鉴于他以前的各种经历，这次旅行对他来说平淡无奇。

在多次的旅行期间，塞缪尔·弗格森还是《每日电讯》的最令大家关注的通讯员，他让这份售价仅一便士的报纸的日发行量高达十四万份之多，而如此的发行量还是满足不了狂热的读者。然而大家都知道，这位大博士从未参加任何一个学术组织，他既没有参加伦敦、巴黎、柏林、维也纳或圣彼得堡皇家地理学会，也没有参加旅行者俱乐部，他甚至和他未曾蒙面——考克伯恩主持的皇家综合技术学会。

有一次，考克伯恩甚至说笑地向他提出下面的这个问题：就现在所知道的博士周游世界时所走过的路程，根据半径的不同，他的大脑比他的脚多走了多少路？或者，就现在所认识的博士的脑袋和脚分别走过的路程，是不是能够准确地知道博士的身高？

但是博士从未动过进入那些学术团体的念头，他是实干家，不会只看

①　澳大利亚的旧称。

②　里海是世界上最大的内陆湖，位于中亚西部和欧洲东南端，西面为高加索山脉。

③　麦克卢尔（1807—1873），英国海军元帅。

④　白令海峡位于亚洲的东北端、北美洲的西北端。

⑤　法韦尔角位于格陵兰岛最南端。

⑥　施拉金韦特兄弟，德国旅行家。

书本；他只知道时间应该用在探索上，而不是用在语言上。

在日内瓦，有人曾说过，以前有一个英国人来日内瓦要观看日内瓦湖。他让这个人坐到最古老的汽车里，在这种古老的车上，人只能坐在一边，就像坐在马车里一样，但是在旅行过程中，汽车不时地也会让这位英国人的背朝向日内瓦湖，然而他还是无可怨言地完成了这次旅行，他甚至都不会难忘地回头看上一眼，后来，他回到伦敦，而且对此次之行感到很高兴。

弗格森博士每次旅行回来，都毫无疑问会带回很多神奇的故事。此外，他还很遵从他的天性，我们甚至相信，他可能是个宿命论主义者，就是那种真正的宿命论，他很自信，也相信老天爷；他认为他是被老天爷指引去探险的，而不是被旅行带来的愉快所吸引，在周游世界的日子中，他就像一个火车头，只能靠道路来指引自己前进的方向。

他总说：“我不是航行，而是航行带领我。”

为此皇家地理学会的成员激动鼓掌欢呼时，他所展现出来的那份淡定自若，也就没什么值得让我们不解的了；他对这些不真实的东西非常看不起，因为他既不傲慢也不贪婪；博士认为他向弗朗西斯·莫XX爵士主席所说的建议很简单，他完全没想到过这个建议会有什么轰动。

会后，他又被请来位于帕尔马尔大街的探险者俱乐部；在那里，人们还计划以他的名义举行一个盛大的宴会；一个真正的饕餮大宴，鲟鱼的长度比塞缪尔·弗格森的身高还要长。

大家用法国的红酒为那些发现非洲地理的著名的探险家庆祝。大家按照英语的字母排列——为他们的健康和对他们的功绩干杯：阿巴迪①……最后，人们为塞缪尔·弗格森博士的重要发现祝酒，他的发现一定会与前人的发现完美结合，并将最后造就非洲地理发现形成整个体系。

---

①　原文共有成千上万个旅行家的名字，此处省略。

第二章

《每日电讯》其中的一篇文章——学术报纸间的连续不断的争论——彼得曼先生支持他的朋友弗格森博士——学者科纳的述说——巴黎显示其方向——向博士提出的许多要求

第二天，在 1 月 15 日的《每日电讯》上刊登出了这样一篇文章：

"孤单的非洲最终将被人们看到它的真实样子，一位现代俄狄浦斯①将为我们找到这个六千年来聪明的人们未解之谜的谜底。以前，寻找尼罗河的源头②被视为幻想的尝试和空想。巴斯③博士沿着与德纳姆④和克拉珀顿⑤相同的路到达了苏丹；利文斯通⑥博士从好望角启程一路到赞比西

----

① 来自希腊悲剧诗人索福克勒斯（前 496—前 406）的作品《俄狄浦斯王》，因为俄狄浦斯答对了斯芬克司的谜语而拯救了忒拜城的臣民，人们把俄狄浦斯又看成善于解谜的人的化身。

② 这是希腊人、罗马人常说的一句话，本义为寻找尼罗河的源头，特指荒诞的计划。

③ 巴斯（1821—1865），德国探险家，1850 年至 1855 年，他从中非带回了稀少的人种植方面的资料。

④ 德纳姆（1786—1828），1822 年与克拉珀顿和奥德尼三人组成英国探险队，他们计划从北非利比亚的的黎波里出发，向南穿过撒哈拉沙漠，然后寻找尼日尔河汇入尼罗河的证据。

⑤ 克拉珀顿（1788—1827），英国旅行家，他是第一个到达乍得（1923 年）和今尼日利亚北部的欧洲人。

⑥ 利文斯通（1813—1873），英国探险家，曾经在中非和南非旅行。

盆地①，历经多次探险；伯顿②和斯皮克③船长找到了非洲内陆的大湖④，由此为现代文明再一次展现了三条道路。但是，从未有人可以到达这些人开辟的路线的聚集点，而这个聚集点却恰好是非洲的心脏。为此，人们就必须全力以赴。

"这些宝贵的科学先驱的成果早已得到读者们的认同，而塞缪尔·弗格森博士将要继续他们的事业，进行一次勇敢的探险。

"这位伟大的探索者计划利用气球自东向西横渡整个非洲。如果没有出错的话，这次惊人探险将会从东岸的桑给巴尔岛⑤开始。至于终点，无人知晓。

"此次科学探险的打算已经在昨日正式向皇家地理学会提出。会上下发一项 2500 镑的补贴费用，作为项目开展的经费。

"我们将马上向读者朋友们报道这次地理界史无前例的探索。"

就像大家想象的那样，这篇文章一经刊登便引起了轰动。首先，它引起了读者们的许多疑惑；人们将弗格森博士说成完全的幻想家，认为他不过又是一个巴纳姆⑥式的人物，这个人在美国为所欲为之后，又想在英国大"骗"一场。

日内瓦的《地理学会简报》在其二月号登出了一篇内容诙谐的相关报道。这篇文章对伦敦皇家地理学会、探险者俱乐部和盛大宴会给予了巨大的讽刺。

---

①　位于非洲中南部的赞比西河流域形成的面积为 135 万平方公里的盆地。

②　伯顿（1821—1890），他和斯皮克一起发现了非洲的坦噶尼喀湖。

③　斯皮克（1827—1864），1855 年，他与伯顿一起在中非探险，发现并命名了维多利亚湖。

④　指伯顿和斯皮克发现的坦噶尼喀湖、维多利亚湖及其周围的大小湖泊。

⑤　坦桑尼亚联合共和国的组成部分，位于南纬5—6度之间，东经39.5度。

⑥　巴纳姆（1810—1891），美国一个马戏团老板，他信仰"凡宣传皆好事"的实用主义哲学，这使他不惜牺牲众多美国人的热情，以欺骗手段赢得了可观的利润和"声名"。

但是，彼得曼①先生在哥达②出版的《彼得曼通报》上写的文章让日内瓦的《地理学会简报》无话可说。彼得曼先生本人与弗格森博士是老朋友，他想要为他这个勇敢的友人的勇气作为担保。

但是，很快，这些猜疑都无影无踪；探险的准备工作正在伦敦热烈地展开；里昂的工厂收到了一份制造气球所要用的塔夫绸的重要订单；最后，英国政府又把"坚定"号运输船交给博士让他使用，这艘船的船长名叫彭尼特。

于是人们立刻开始支持博士并预祝他此次穿越得到成功。《巴黎地理学会简报》则报道了此次旅行的具体细节；而维克多·阿道夫·马尔特·布龙③先生主持的《旅游、地理、历史、考古最新年鉴》上也刊登了一篇引人注目的文章。W. 科纳④先生在《地球概况大观》上对探险成功与失败的可能都进行了细致的分析；他只是对出发地不太赞同，他更喜欢阿比西尼⑤的小港马苏阿，1768 年，詹姆斯·布鲁斯就是在这里开始去寻找尼罗河的源头的。此外，他十分赞赏弗格森博士为实施这样一次旅行所表现出的勇气和无比坚定的意志。

但是，《北美要闻》却对把此项光荣归于英国很不乐意；它竟会拿博士的旅行开始说笑，并让他在旅行还顺利时顺随到美洲看看。

总之，从《福音教会报》到《阿尔及利亚及殖民地要闻》，从《传教年鉴》到《传教士智慧报》等报刊杂志也都以各式各样形式报道这件事，这还没算到全球的报刊杂志。

在伦敦，以至于在整个英国，人们都在为此事下赌注：1. 弗格森博士是真人吗；2. 关于探险本身，人们对旅行可否实施，也都是各执一词；3. 旅行是否成功；4. 弗格森博士是否可以平安回到伦敦。人们投入许多

---

① 彼得曼（1822—1878），德国地理学家，非洲探险的发起人之一，《彼得曼通报》的创始人。

② 前西德城市名。

③ 维克多·阿道夫·马尔特·布龙（1816—1889），巴黎地理学会的创始之一，主持过多种地理刊物的编辑工作。

④ W. 科纳（1822—1852），德国地质学家。

⑤ 阿比西尼·埃塞俄比亚高原的旧称。

赌金，就跟艾普索姆①马术比赛上赌马一样。

所以，无论人们是否相信，无论人们的文化程度如何，万众注目在博士这边；他认为自己就是一头披着狮鬃的猛兽。他积极把此次探险的一些具体细节说给大家听。他非常温和，是世界上最和蔼的人。许多冒险者向他介绍自己，希望分享此次探险的计划并共同承担危险；只是他却没有原因地加以推辞。

很多机械发明家向他推荐他们的气球使用系统。他没有使用其中的任何一个方案。别人问他是否在这个方面比较了解，不过他还是不愿多说，而是更加迅速地为此次旅行作着准备。

第三章

博士的朋友——他们的友谊从何而来——迪克·肯尼迪在伦敦——无法想象却难以令人安心的计划——使人不安的谚语——非洲遇难者介绍——气球的优点——弗格森博士的奇特的事

弗格森博士有个朋友。他决不是另一个弗格森，一个"另外的自我"；两个相同的人之间绝对不会产生情谊。

虽然迪克·肯尼迪和塞缪尔·弗格森的品格、天分和性格相距甚大，但思想上却非常默契，这对他们俩人并没有任何障碍，情况恰恰相反。

这个迪克·肯尼迪是个真正的苏格兰人，对人开朗、果断、倔强。他在爱丁堡附近的一个小城利思居住，这里才是"旧蒸笼"②真正的郊区。他有时会钓鱼，但永远是个到处寻猎的勇敢猎人。作为一名喀里多尼③的

---

① 英国地名，位于伦敦以南，从1780年起就有一个十分卓越的马术赛事，即艾普索姆马术比赛。

② 爱丁堡的绰号，由于过去污染严重而得名。

③ 苏格兰的旧称。

孩子，走遍高地①的群山，真的很平常。众人都认为他是优秀的马枪射手；他不仅能用薄刀片把子弹切开，还能把它们平约分半。

肯尼迪的相貌与沃尔特·司各特②的小说《修道院》中的哈尔伯特·格伦迪宁有些像；他身高超过六英尺③，绅士而自然，力量无穷。被太阳晒得很红的脸颊、充满智慧的眼睛、坚强的精神以及整个人所表现出的仁爱和勇敢，这些都可以告诉我们他是个纯正的苏格兰人。

他们在印度相识，曾经是战友；当迪克追赶老虎和大象的时候，塞缪尔在收集植物和昆虫；两个人都是这方面的高手，多种稀有植物成了博士的囊中之物，它们都是珍贵无比。

这两个年轻人从未有机会为对方提供援助，其友谊却坚韧不拔。命运有时让他们分离，但是，热情却依然热烈。

自从回到英国，因为教授总是去远方旅行，所以他们见面不多；然而，只要回到英国，教授不会让他的苏格兰朋友到他这儿来，而是亲自拜访。

聚会中，迪克回忆，塞缪尔想象未来，一位展望明天，另一位回想从前。因此，一个不安于现状，即弗格森；一个对现实安然自得，即肯尼迪。

从西藏探险归来后，教授大概有两年没有说起新的探险方案；迪克以为博士的旅游天性和冒险欲望已经回落，他为此感到非常高兴。他认为这种事终有一天要遇到困难。不管经验多丰富，只要在吃人族和野兽生存的这些危险地方进行探险，就不可能安全；因此，肯尼迪劝说塞缪尔不能再这样四处探险，因为他为科学所探究的贡献已经不少了，人们已无法再向他称颂了。

对此，博士没有任何言语；他一直在想，而后暗自地作了些计算，他昼夜地进行筹划，制造一些前所未有的设备。大家感到他的头脑里似乎正在诞生一个重要的计划。

---

① 苏格兰北部山区。

② 沃尔特·司各特（1771—1832），英国作家、律师、苏格兰传奇诗歌诗人，他的历史小说对后来的浪漫主义文学流派有很大影响。

③ 一英尺约合30.48厘米。

一月份，当他的朋友要回家的时候，肯尼迪不禁暗自琢磨："他这是在反复想什么呢？"

某天清晨，一份叫《每日电讯》的报纸最终让他找到了答案。

"上帝！"他喊道，"他真是个疯子！妄想狂！想用气球飞越非洲！只有这个没试过了！原来这就是他两年来反复思考的东西！"

在看完每一个感叹号时，他十分头疼，那么，您就会对正直的迪克在说这些话时所表现出的样子有所理解。

当他的女总管，老埃尔斯佩思劝慰他这也许是个玩笑时，他答道：

"不会呀？我还不了解我的朋友吗？这一定是他的想法，在空中坐气球旅行！这次他竟然想和老鹰齐飞！不，一定不能如此！我应该怎么去阻止他的行动！哎！如果这样放纵他，总有一天他就想到月亮上去！"

肯尼迪心情很乱，当晚就到中央火车站坐上火车，第二天就来到了伦敦。

四十五分钟后，一辆马车把他送到在教授位于格里克大街，索罗广场的家前停下，他迫不急待的，使劲地在门上敲打了五下。

出来的是弗格森自己。

"迪克？"他并没有惊讶。

"是我。"肯尼迪说道。

"怎么了，我亲爱的迪克，这是冬天打猎的最佳时机，你怎么会来伦敦？"

"是的，就在伦敦。"

"找我有什么事吗？"

"设法阻止一个疯狂的闹剧！"

"怎么回事？"博士说道。

肯尼迪拿出那份《每日电讯》，反问道："难道报纸上在撒谎？"

"哦！原来你是说这个啊！这些报纸真是不可信任！可是，亲爱的迪克，我们还是先坐下来再说吧。"

"我没关系。你真的想进行这次探险旅行吗？"

"是啊，立刻就可以出发了，而我……"

"你准备的那些东西呢？放在这里吧，我要把它们全部扔掉。"

正直的苏格兰人真的怒气冲冲。

"别这样，亲爱的迪克，"博士继续说道，"我了解你的愤怒。你是在气我没把我的好主意事先告诉你。"

"你还把这叫作好主意！"

"我当时真的非常忙，"博士接着说道，没让迪克有机会插话，"我还有许多事情需要准备！只是，你不用担心，我不会不告诉你就开始启程……"

"喂！这不是关键……"

"因为我希望你能跟我一起启程。"

肯尼迪跳了起来，吃惊加愤怒。

"啊！你……"他说，"你难道想让别人把咱们都关进贝勒汉姆医院①！"

"亲爱的迪克，我很信任你，别无他人！"

肯尼迪吃惊地站在那里发呆。

"如果你只听我说十分钟，"博士淡然地说道，"你就会非常高兴的。"

"你是认真的？"

"当然。"

"那如果我还是不帮助你呢？"

"不可能的。"

"但是，最后，假设我还是不去呢？"

"那我就单独前往。"

"来，"猎人说道，"让我们站在客观的角度上探讨一下。既然你是认真的，那就让我们好好商量一下。"

"亲爱的迪克，如果你愿意，我们边吃午饭边聊吧。"

两个朋友面对面坐着，桌上放了一堆食物，还有一把极大的茶壶。

"亲爱的塞缪尔，"猎人说道，"你的计划是不现实！根本无法完成！既不严肃，也不具有可行性！"

"这只能等尝试完再下定论。"

_____

① 伦敦的疯人院。——原注

"但是现在无法实现的正是尝试。"

"那原因是什么?"

"当然是危险和不可言语的艰难困苦!"

弗格森认真地回答:"有困难产生可以被克服;说到危险,谁又能摆脱呢?生活中处处都是危险;危险会在平逸中发生;此外,我们又何必杞人忧天,因为未来与现在无异。"

"你说的什么话!"肯尼迪有点无奈,"你一直是个宿命论主义者!"

"是的,但却是从正面的角度而言。所以我们先放下自己的宿命,一定要知道我们英国的一句谚语:'如果你天生要上吊而死就不会被水溺死。'"

这句谚语显然无可辩驳,但这也不能阻止肯尼迪又说出其他一堆没有新意的反对意见,意见提的过多,此处省略。

"但是,最后,"经过一小时以后,他说道,"既然你非常想完成这个计划,而这对于你的人生来说意义重大,为什么你不选择简单的路线?"

"为什么?"博士激动地回答道,"因为从始至今,所有的尝试最终都以失败告终!只因为芒戈-帕克在尼日尔河上被杀身亡、弗尔勒在瓦达依①消失、乌德内②死在穆尔穆尔、克拉珀顿在萨卡杜死去、法国人迈藏被分尸、莱恩少校被图阿雷格人③杀死、罗切尔·德·汉堡在1860年初被谋杀,非洲蒙难者名单上的遇难者人员数不胜数!因为要与大自然、饥渴、疟疾、猛兽及无比野蛮的野人攻击是无法想象的事情!因为解决问题应该多种办法!最后,如果无法从中间穿过,就应该想办法从旁边或上边通过!"

"假设能够从上边通过!"肯尼迪回言,"那就应该从上边穿越!"

"好吧,"博士表现出从未有过的冷静,他接着说道,"这有什么值得可怕的?你会愿意我为避免气球迫降而运用的紧急措施;要是没了气球,我也仅仅跟其他探险者一样落在陆地上而已;我一定要和气球共生死,你

---

① 西非境内的黑人部落,位于中部苏丹。

② 乌德内(1790—1824),苏格兰人,他和德纳姆、克拉珀顿是首批到达乍得湖的欧洲人。

③ 撒哈拉地区的游牧民族。

别再想了。"

"不成，我偏要想。"

"不要妄想，亲爱的迪克。我的计划已经基本完成，在我飞到非洲西部之前，我会和它在一起。跟它在一起，一切皆有可能；没有它，我就会在这次探险遇到危险和困难的事情；有了它，炎热、湍流、暴雨、西蒙风①、糟糕的空气、野兽和野人，一切不值得害怕的！如果我觉得炎热，就让气球向上飞；如果寒冷，就让它往下降；高山，我可以越起；沟壑，我也可以横跨；江河，我可以淡定渡过；暴风雨，我可以控制；湍流，我可以如同鸟儿一样从上面掠过！我随时可以休息！我在这些地方上空飞行！我高速前进，一会儿与云彩嬉戏，一会儿贴近地面亲吻，世界地图上的非洲很快就尽收眼底！"

严肃的肯尼迪立刻激动起来，然而这幅非洲图景使他晕晕的。他欣赏地看着塞缪尔，当然也很害怕，似乎已经在上空飘飞不定。

"看，"他说，"看看，亲爱的塞缪尔，那么你是否找到遥控气球的方法？"

"根本没有，这是幻想。"

"那么你要到……"

"到上帝要我去的地方；但是，一定是自东向西。"

"为什么呢？"

"因为这样就有稳定的信风。"

"喔！确实！"肯尼迪边考虑边说，"信风……真的……在紧要关头我们可以……不过还有些问题需要解决……"

"是什么问题？不会的，我勇敢的朋友，一切准备就绪。英国政府借了一艘运输船给我；当我马上到达西岸时，偶尔会有三四艘小船在那里察看。最多三个月后，我将在桑给巴尔降落，我要在那里给气球进行充气，我们还是从那里启程……"

"你说我们？"迪克说。

"你还有别的原因拒绝我吗？说吧，我的朋友。"

---

① 沙漠的强热风。

"拒绝？我拒绝的理由很多；不过，你想想：如果你要去非洲，要使气球能够灵活升降，你能否一定做到这些事情而不让气体漏气；到现在为止，还没有找到解决的办法，这确实是空中长途旅行待解决的问题。"

"亲爱的迪克，你要明白：我不会把气体中的任何一个原子说出来。"

"那么你能够自由下降？"

"我当然。"

"那你准备怎样开始？"

"这可是秘密，我的朋友。相信我，我的格言和人的格言一样：'Excelsior'。"

"认同你说的'Excelsior'！"猎人答道，事实他根本就不懂拉丁文。

但是，他早已决定要运用一切手段阻止他朋友启程。于是，他表面上表示同意，却暗自进行观察。至于塞缪尔，他去检查探险的准备工作的过程了。

第四章

非洲探险穿越开始了——巴斯、理查森、奥弗温、韦内、布龙·罗莱、潘尼、安德列亚·德博诺、米安尼、纪尧姆·勒让、布鲁斯、克拉普夫和雷布曼、迈萨、罗舍尔、伯顿和斯皮克

弗格森博士选择的飞行路线不是随意的。他决定从桑给巴尔岛起飞是经过深思熟虑的，因为起点经过了仔细的斟酌。这个岛位置在非洲东海岸侧，即南纬6°，换句话说，在赤道下方四百三十里①的位置。

与此同时，有一支探险队也是从这个岛动身，要穿过内陆的大湖寻找尼罗河的源头。

---

①　相当于172里（此处指法国古里，每一法国古里约合4公里）。——原注

但是，值得关注的是弗格森博士想要完成的也是与前相同的探险。这其中有两次重要的探险经历：巴斯博士在 1849 年的旅行和伯顿中尉与斯皮克中尉在 1858 年的旅行。

巴斯博士是汉堡人，他与同乡奥弗温①同意加入英国人理查森②一起结合的探险队；理查森的工作是在苏丹探险。

这个面积宽大的国家位于北纬 10° 和 15° 之间，也就是说，必须向非洲内陆走 1500 多里才可以到达那里。

自始至终，只有德纳姆、克拉珀顿和乌德内于 1822 年至 1824 年间到过那里。理查森、巴斯和奥弗温则更近一步，他们首先像那些前辈一样来到的黎波里③，接着又去了费赞地区④的中心城市莫祖克。

然后，他们没有选择纵深这条路线，由图阿雷格人领路，引导他们向西绕道前往加特⑤，路途艰辛。在尝遍了无数次被抢、欺压、武力攻击之后，这支沙漠探险队于 10 月到达了宽敞的阿斯班绿洲。巴斯博士离开探险队，去查看阿加德斯城⑥，随后打到队伍，并在 12 月 12 日开始继续前行。他们去了达莫古⑦省；在那里，三个探险家分开探险，巴斯取道卡诺⑧，他很有耐心，并破费了许多才到达了他的终点。

虽然他还在生病，但坚持于 3 月 7 日走出了这个城市，身边还剩下一名仆人。他此次探险的最终目标是探寻乍得湖，而现在他距离乍得湖还有 350 里远。于是，他朝东走，去博尔努⑨的祖里科罗城，它在非洲中央大帝国⑩的中心。在那里，他得知了理查森因疲劳和饥饿而去世的消息。而后，他来到乍得湖边的博尔努首都——库卡。将近一个月之

---

① 奥弗温（1822—1852），德国地质学家、天文学家、旅行家。
② 理查森（1806—1851），受英国政府派遣前往中非探险。
③ 利比亚首都。
④ 位于利比亚西南部。
⑤ 利比亚三大绿洲之一，位于利比亚西南部，与阿尔及利亚接壤。
⑥ 位于今尼日尔北部的阿加德斯省，一直是撒哈拉沙漠商队的主要终点。
⑦ 今尼日尔津德尔省北部城市。
⑧ 今尼日利亚北方主要工商业城市。
⑨ 位于尼日利亚东北部，是该国三十个州之一。
⑩ 指初创于 8 世纪的卡奈姆－博尔努帝国，在今尼日利亚境内。

后，即从的黎波里启程一年零半个月以后，他在 4 月 14 日终于到达了恩高努城①。

他和奥弗温于 1851 年 3 月 29 日又去乍得湖南部的阿达马瓦②王国探寻；而后又去了位于北纬 9°偏南的约拉城。这座城是这位勇敢的探险家此行的最南边。

他在 8 月的时候回到库卡，又从那里启程接着考察了门德拉山区、巴吉尔米③、卡奈姆，并到探游最东端马塞纳城，它的位置在西经 17°20′④。

在仅有一位朋友——奥弗温去世后，他于 1852 年 11 月 25 日接着向西走，游历了索科托⑤，渡过尼日尔河，最终到达廷巴克图⑥，他在酋长们的折磨下度过了漫长的八个月。但是，这儿不会让一个基督徒长期停留，富拉尼人⑦就宣扬要攻击这座城市。因此，博士在 1854 年 3 月 17 日只好离开此地，在边境逃窜，度过了困窘的三十三天之后于 11 月到达卡诺，然后回到库卡，在库卡停留了四个月后，又再一次走上了去完成德纳姆的探险行程；他于 1855 年 8 月末去了的黎波里，9 月 6 日到达伦敦，成为这个探险队中唯一的活着的人。

这就是巴斯无畏的探险经历。

弗格森博士尤其注意到巴斯到达了北纬 4°，西经 17°的位置。

现在让大家了解一下伯顿中尉和斯皮克中尉在东非的探险历程吧。

任何寻找尼罗河源头的探险队都以失败告终。按照德国医生费迪南德·韦内的说法，1840 年，在穆罕默德－阿里⑧的资助下，以前有一个探

---

① 曾经是博尔努首府，濒临乍得湖。

② 今喀麦隆阿达马瓦省。

③ 位于乍得湖东南部。

④ 这里指以英国格林威治天文台为标准的子午线。——原注

⑤ 位于尼日利亚北部，是该国三十个州之一。

⑥ 位于撒哈拉沙漠南缘，尼日尔河中游北岸，是古代西非和北非骆驼商队的必经之地。

⑦ 又称为"富尔贝尔人"、"颇尔人"、"普洛人"，主要分布在西临大西洋，东至乍得湖，北起萨赫勒，南达喀麦隆高原的广大地区。

⑧ 穆罕默德－阿里（1769—1849），1805—1848 年间任奥斯曼帝国驻埃及总督。

险队到达了位置在北纬 4°至 5°之间的刚多科洛。

　　萨瓦①人布龙·罗莱于 1855 年在东苏丹的撒代涅当首领，接替因过劳死的沃迪，他从喀土穆②出发，化身为做橡胶和象牙生意的商人雅库布，到达了贝勒尼亚，然后穿越了北纬 4°线，而后生病了返回喀土穆，于 1857 年在那儿不治而终。

　　埃及卫生部部长潘尼博士乘坐一艘汽船来到了比刚多科洛偏北 1 度的位置，当他回到喀土穆时也是过劳死；维尼西安·米安尼横跨比刚多科洛偏北的瀑布，来到位于北纬 2°的地方；马耳他商人安德列亚·德博诺顺着尼罗河又向前一步，但是，不管是潘尼，或者是米安尼，就连安德列亚·德博诺，都失败了。

　　纪尧姆·勒让先生被法国政府任命，于 1859 年从红海到达了喀土穆，他率领二十一名船员和二十名士兵，他没能到达刚多科洛，与黑人混战数次。埃斯凯拉斯·德·洛图尔先生带着探险队也想尝试来到那出名的源头。

　　可是这个险关重重的极点始终让探险家们无法到达，尼禄③的使者很早的时候已经到达过北纬 9°的地方。因此，在一千八百年间，人们也仅仅前进了五六度，即 300 到 360 里。

　　有几个探险家尝试了为了去尼罗河的源头而计划从非洲东海岸开始。

　　苏格兰人布鲁斯于 1768 年至 1772 年从阿比西尼的码头马苏阿开始，途中经提格雷④，到达了阿克苏姆⑤遗址，看到了传说中的尼罗河源头，没有得到任何有价值的战绩。

　　英国圣公会传教士克拉普夫博士于 1844 年在桑给巴尔海岸边的蒙巴萨⑥开了一个传教点，与受人爱戴的雷布曼一起，在距离海岸 300 里的地

---

　　①　法国东南部城市。

　　②　苏丹首都。

　　③　尼禄（37—68），神圣罗马帝国皇帝。

　　④　位于今埃塞俄比亚境内。

　　⑤　阿克苏姆王国位于埃塞俄比亚北部，建国于公元前。公元 570 年被波斯人赶出阿拉伯半岛。

　　⑥　今肯尼亚港口城市。

方看到了两座大山：是乞力马扎罗山①和肯尼亚山②，霍伊格林和诺顿不久前才挑战过这两座峰顶。

法国人迈萨于 1845 年一个人来到桑给巴尔相对的巴加莫约登陆，到达了德热一拉一莫拉，被那里的首领残忍杀害。

汉堡的青年探险家罗舍尔在 1859 年 8 月跟随阿拉伯商人的沙漠探险队来到了尼亚萨湖③，并在睡觉时被人害死。

最后，在孟加拉军队中的两名军官——伯顿中尉和斯皮克中尉被伦敦地理学会任命去考察非洲大湖；6 月 17 日，他们从桑给巴尔岛开始，一直向西走。

他们先被抢劫后被打晕，忍饥受苦后，总算到达了卡结赫，这里是投机商和沙漠商队交结点；他们处于月亮山之中。在那里认识了有关这个国家的民间习俗、政府、信仰、动物志和植物志方面的有价值的资料。然后，他们向在南纬 3°至 8°之间的大湖区首个大湖坦噶尼喀湖走，于 1858 年 2 月 14 日到达终点，认真考察了沿湖的各个村庄，这些部落大部分为食人族。

他们又在 5 月 26 日出发，并在 6 月 20 日返回到卡结赫。伯顿由于体力不支，在那里一病就是几个月；此间，斯皮克又向北前进了 300 里，并于 8 月 3 日到达乌克列维湖④，他也仅仅找到在南纬 2°30′的一个入口。

他在 8 月 25 日回到卡结赫，和伯顿共同向桑给巴尔岛赶路，并于第二年 3 月又再一次回到这里。然后，这两位勇敢的探险家回到英国，巴黎地理学会为他们颁发年度奖。

弗格森发现，他们没有到达南纬 2°线，和东经 29°线。

现在，立刻要做的事就是把伯顿和斯皮克所走的路线和巴斯博士的整理连结，这大概要跨越 12°的距离。

---

① 位于肯尼亚西南部。
② 位于肯尼亚中部。
③ 非洲第三大湖，位于坦桑尼亚、莫桑比克、马拉维境内，又叫马拉维湖。
④ 即维多利亚湖，乌克列维湖是法国人对维多利亚湖的称呼。

第五章

肯尼迪的幻想——复数冠词以及复数代词——迪克的暗示——在非洲地图上寻游——圆规的两脚所画出的——现在的探险计划——斯皮克和格兰特——克拉普夫、德·狄肯、德·霍伊格林

弗格森博士紧张地进行出发前的检查，他按照计划中的一些修改，自书经历气球的制造过程，并对修改的系统保密。

他早已开始学习阿拉伯语和曼丁哥的语言，由于他精通多国语言，学习速度飞快。

这段时间，肯尼迪与他一直在一起，他也许在担心博士与他分别。他坚持在劝说中，而任何言词无法打动塞缪尔·弗格森，于是他又动之以情，但对方自然都不为的动。迪克感觉到他似乎马上从自己身边离开了。

可怜的猎人朋友真令人心疼，他再也不能勇敢地仰望过去蔚蓝的天空，晚间休息时，感到自己快要晕倒，每天晚上，经常梦见自己从高空跌落下来。

我们不得不说，发生这些令人恐慌的噩梦时，他竟然从床上摔落。他想到的第一件事就是让弗格森看看自己头上的伤痕。

他天真地渲染道："只有三尺高而已！不会更高！一个小包而已！你可以设想一下！"

这个非常难受的表达并没有让博士退缩。

"我们会飞得好好的。"他说道。

"也许，如果最后我们还是摔下来了呢？"

"我们真的不会摔下来。"

话说的自信满满，肯尼迪则不知所措。

真正让迪克恼怒的是，博士好像已经不知道只有他自己要去空中探险，他早把肯尼迪看作旅行中亲密的伙伴。这已经没关系了，塞缪尔不加

思索地胡说。

"我们"前进……某月某日"我们"还需要……某月某日"我们"将开始旅程……

"我们的"气球……"我们的"吊篮……"我们的"旅行……

任何事情都是两个人的：

"我们的"准备工作①……"我们的"发现……"我们的"升高……

虽然迪克早就拒绝不去探险，这些话却仍旧让他恐惧，他不想过分指责他的朋友。我们也许应该明白，虽然他还没弄清楚状况，但还是让人悄悄地从爱丁堡把旅行的衣服和最厉害的猎枪带来了。

一天，正当他们情况很好时，他终于无奈同意了博士的想法。然而，为了拖延旅行，他想方设法。比如：研究探险的目的是否合适？真的应该要探索尼罗河的源头吗？我们真是为人类的幸福做贡献吗？寻找原因，当非洲的野人部落变得文明时，他们会生活的好吗……此外，谁又能确定非洲文明比欧洲晚呢？也许。第一，一定要这样急切吗？总有一天人们会想到一种更安全的方式去非洲……会很快的，不知道哪位探险家将会去那里……

然而这些说法起了坏作用，博士变得非常烦燥。

"迪克，你想想，你要让别人拿走光荣吗？你真算不上朋友。难道要让我停止我的生活吗？在本不严重的问题面前放弃吗？用犹豫来报答英国政府和伦敦皇家学会为我所准备的一切吗？"

"但是……"肯尼迪又说道，他经常用这个连词。

"但是，"博士说道，"你难道不认为此次探险有利于目前的活动吗？你不知道现在正有一些探险家在向非洲的中心前进吗？"

"可是……"

"听着，迪克，过来看看这张地图。"

迪克听话地过去看着地图。

"顺着尼罗河向上。"弗格森说道。

"好的，向上。"苏格兰人顺从地说。

———————

① 此处的"准备工作"、"发现"和"升高"，在法语原文中均为复数形式。

"再到往多科洛。"

"嗯，到了。"

肯尼迪想，这样在地图上旅行很简单啊。

"用圆规的一只脚放在这个城市上，最坚定执着的人也只能勉强走到这里。"博士接着说道。

"放上了。"

"现在顺着海岸在南纬6°的地方找桑给巴尔岛。"

"好的，找到了。"

"顺从这条纬线，到达卡结赫。"

"好的，到了。"

"沿着33°经线继续向上找乌克列维湖的湖口，这里是斯皮克中尉到达的地方。"

"我在这儿！不过我走过了，我掉进了湖里。"

"那么，你知道根据湖边居民所说的信息，人们如何想象吗？"

"我一点儿也不知道。"

"因为这座湖的下游在南纬2°30′处，所以其上游能够穿过到赤道以北两度半的地方。"

"真的！"

"但是，却从上游流出一股水流，也许它不是尼罗河，也应该是与尼罗河有关的一条河流。"

"这倒很有意思。"

"现在，把圆规的另一只脚放到乌克列维湖的上游。"

"好的，亲爱的弗格森。"

"你算算两脚之间的度数？"

"大概有2°。"

"你知道这有多长距离吗，迪克？"

"不知道。"

"大概一百二十里①，这就是说，挺短的。"

---

① 这里是古海里，约合200公里。——原注

"几乎'挺短的'，塞缪尔。"

"可是，你知道现在正在发生什么吗？"

"不知道，没听说过！"

"那么这就是正在发生的事情！地理学会认为对斯皮克看到的这个湖进行考察特别重要。在这个学会的支持下，以前的斯皮克中尉，现在的斯皮克上尉找到了当日印度军队中的格兰特上尉，他们带着一支宠大队伍、资助充裕的探险队；他们的任务是沿湖而上，然后返回刚科多洛；他们得到一笔五千多镑的津贴，开普敦总督派了一些来自霍顿督的士兵被他们调用；他们于 1860 年 10 月末从桑给巴尔岛启程。与此同时，英国驻喀土穆领事，英国人约翰·帕斯瑞克从外交部领到一笔几乎七百镑的津贴；他要在喀土穆建造一艘汽船，准备好之后，把船开到刚科多洛；他会在那里恭候斯皮克上尉的队伍，并对他们进行补贴装备。"

"真能干。"肯尼迪说。

"现在你肯定知道，如果我们想加入这些探险活动，时间非常有限。而且困难不仅仅是这些，当一些探险家以执着的步伐向尼罗河源头挺进时，另一些人也正勇敢地向非洲的心脏进发。"

"走着。"肯尼迪问道。

"对，"博士回答道，且没注意到这个暗示，"克拉普夫博士想经过位于赤道下方的乔博河①向西走。德肯②男爵已从蒙巴萨③出发，穿越肯尼亚山和乞力马扎罗山，正向非洲腹地挺进。"

"都是步行吗？"

"是的，也许骑骡子。"

"对于我来说，这都是一样的。"肯尼迪反驳道。

"然后，"博士接着说道，"奥地利驻喀土穆副领事，德·霍伊格林先生发动了一次很值得关注的探险旅行，其最主要任务是找寻探险家沃格尔，他于 1853 年被派到苏丹参与巴斯博士的合作，在 1856 年离开博尔

---

① 位于喀麦隆境内。

② 德肯（1833—1865），德国探险家，于 1861 年成为首位攀登乞力马扎罗山的欧洲人。

③ 肯尼亚东南部海滨城市。

努，然后决定探索这个位置在乍得湖和达尔富尔山区①之间的不为人了解的地方。然而，从这之后，他就消失了。1860年6月亚历山大港得到的消息是瓦达依国王②令人把他杀害了；但是在海尔曼博士写给沃格尔父亲的信上说，根据一位博尔努的费加拉③的说法，沃格尔可能只是被囚禁在瓦拉，还是有希望的。在摄政王萨克斯·科堡·戈达公爵的提议下成立了一个委员会。我的朋友彼得曼是这个委员会的秘书，国内的很多学者都对这次探险给予了帮助。德·霍伊格林先生在6月从马苏阿启程，并开始寻找沃格尔的踪迹，他肯定在尼罗河与乍得湖之间的每一寸土地上寻找，也就是说将斯皮克上尉和巴斯博士的探险活动连结在一起。这样，最终人们将自东向西④横渡非洲。"

"那么，"苏格兰人接着说道，"既然一切都这么顺利地开展了，我们就不用去了吧？"

弗格森博士没有言语，仅仅耸了耸肩膀。

第六章

不和睦的仆人——他可以看到木星四周的卫星——迪克和乔相互争论——怀疑和信任——称重量——乔·惠灵顿——他得到半克朗

弗格森博士有一个仆人，只要听到主人叫"乔"，他便会立刻回答。

---

① 指今苏丹境内的南、北达尔富尔省，也是苏丹的高原地区。

② 16世纪建立起的瓦达依国，大概位于今乍得南部，乍得湖东部。

③ 费加拉，指阿尔及利亚和突尼斯反对法国殖民统治、争取国家独立的游击队成员，法国殖民者将他们指责为费加拉。

④ 弗格森博士出发后，德·霍伊格林先生经过一系列讨论，踏上了没有与原计划相同的路线，探险队的指挥权则交给了蒙青格尔先生（瑞士语言学家和旅行家，曾任法国驻东苏丹总督）。——原注

他脾气很好，对自己的主人非常信任，绝对忠诚；甚至能够预料到主人的命令，而且执行命令时很聪明，从不埋怨，性情温和，是个典型的卡贝尔①。如果有人想向他学习，也只能是痴心妄想。弗格森把所有事情都交给他办理，他自有想法，乔的诚实真是很少见！他是如此的一个仆人：为您准备晚饭，其口味正合口味；为您收拾行李，袜子和衬衣整整齐齐；拿着您家的钥匙和暗锁，会诚实保管。

同样，对于认真负责的乔来说，博士又是什么样的一个人啊！他的内心是怀着如此的尊敬和信任接纳博士的决定啊！如果谁要反对主人，那他就是疯子。博士的想法都是正确，他说的话都对，他的命令无误，他做的事都能完成，他完成的工作完美无暇。即使您将乔分尸——可能这对于您来说很恐怖——他也绝对不会改变对主人的忠诚。

因此，当博士计划这个利用空中飞行横渡非洲的行动时，乔认为这马上实现，不再有任何阻碍。在弗格森博士决定启程的时刻，他就已经到达目的地——当然是和他诚实的仆人在一起，温和的小伙子很顺从，他已经清楚地知道自己会去参与旅行。

此外，他可以聪明地为探险提供许多帮助。假如要给动物园里的猴子们找一位体操教练，让它们锻炼身体，那么这个职位很适合乔。跳、爬、跃、转无数圈圈，这些对于乔来说都非常容易。

如果弗格森是头，肯尼迪就是手臂，那么乔应该是手。他已经跟随主人旅行过几次，这令他知道了许多适合他的科学技能；但是他性格开朗和乐观；他觉得一切都容易，都是符合逻辑而且是很自然的事情，因此，他从未想到要埋怨些什么。

他还有许多优点，比如视力之好、视野之广实在令人惊叹。他有着和开普勒②的老师莫斯朗一样少见的才能，那就是能够不戴眼镜看清木星旁边的卫星，看清昴星团中的十四颗星星，而且这十四颗星里的最后几颗还都是九等星。对此他觉得很平常；相反，他会在很远的地方就问您好，而且有机会的话，他很明白怎么利用自己的双眼。

----

①　英国作家查里斯·狄更斯的《圣诞故事集》中三部代表作之一《炉边蟋蟀》中的人物之一。

②　开普勒（1571—1630），德国天文学家、光学家。

对于乔对博士的这份忠诚，在肯尼迪和这位好仆人之间发生无数次的争论也就不会使人感受到惊讶，不过争论中他们在各执已见时也有相同点。

一个犹豫，另一个相信；一个小心翼翼，另一个绝对信任；博士陷入了怀疑和信任当中！然而我必须说明，他倒不为这二位担心。

"那么！肯尼迪先生！"乔说道。

"那么！年轻人！"

"千钧一发的时刻已经到来，我们好像要登上月球。"

"你是要说月亮山的陆地吧，这还好；但是不用担心，这也很危险。"

"危险！和弗格森博士这样的人在一起应该很安全。"

"亲爱的年轻人，我不想使你的梦破灭；但是他要做的绝对是件无法实现的事。"

"他无法实现？那么你可能还不知道米特谢尔先生在伯勒①的工厂里为他制造了气球。"

"我不关心。"

"那么您真的错过了一场好戏，先生！多么好看的造型啊！多么美丽的外观啊！多么漂亮的吊篮啊！我们在里面一定会舒服的！"

"那么你是真要陪伴你的主人去旅行吗？"

乔认真地反驳道："我一定陪伴他去所有他想去的地方！这是最后一个了！既然我们已经一起环游了世界，这次又如何让他单独去？当他累的时候，当他遇到艰险的时候，当他生病的时候，都会由我帮助他的。不，迪克先生，乔将永远跟博士在一起，我发誓，我永远在弗格森博士身边。"

"真是个忠诚的小伙子！"

"此外，您也要跟我们同行。"乔又说道。

"可能吧！"肯尼迪说道，"也就是说，我也许将跟你们在一起，直到能够阻止博士不切实际的行动的最后一刻！为了能够阻止他的疯狂行动，

---

① 位于伦敦南郊。——原注

我这个朋友甚至会一起去桑给巴尔。"

"肯尼迪先生，对不起，您什么也阻止不了。我的主人并不是疯子，对他所要做的事情，他已经深思熟虑了，可是一旦他下定决心了，谁也改变不了。"

"这个我们走着瞧！"

"您就别白费力气了。此外，重要的是您要跟我们同行。对于您这样的好猎手来说，非洲绝对是个吸引人的地方。所以，不管怎样，您都不可能为此次旅行而感到后悔。"

"是的，我的确不会后悔，尤其当这个自信的人最终屈服的时候。"

"哦！对了！"乔说道，"您知道吗，今天要量重量。"

"什么，量重量？"

"也许是我的主人、您和我三个人称体重。"

"类似赛马的骑师那样？"

"是的，赛马的骑师那样。不过，您不用害怕，即使您过重，他们也不会给您少称。您有多重，就给您称多重。"

"我不喜欢胡乱让别人给我量体重。"苏格兰人认真地说。

"可是，先生，量体重对于博士的气球来说应该十分必要。"

"哼！不会的。"

"原因呢？如果度量计算出了错误，我们将不能上天！"

"太好喽！正如我愿！"

"喂，肯尼迪先生，我的主人马上要来找我们了。"

"我不去。"

"您不是想难为他吧。"

"我就是这样想的。"

"好吧！"乔笑道，"您这样说是因为他现在还没来，一会他当面跟您说'迪克（对不起），迪克，你的准确体重是多少'时，您就一定会去，我保证。"

"我不会。"

这时，博士走进书房，乔和肯尼迪两人的争吵就在这里继续着，他看到肯尼迪，而对方有点难受。

"迪克，"博士说道，"和乔一起跟我来，我需要知道你们两个人的体重。"

"但是……"

"你可以拿着帽子，来吧。"

然后，肯尼迪跟着出去。

他们三人一起来到米特谢尔先生的工厂，一个杆秤已经被放在了那里。博士想了解他的同伴们的体重，来使气球平衡。博士让迪克站在秤上，而对方一动不动，只是小声说道："好吧！好吧！这根本没关系。"

"153斤。"博士说道，并将这个数字记录下来。

"我是不是超重了？"

"当然不，肯尼迪先生，"乔辩白道，"因为我比较轻，所以刚好可以弥补。"

这时，乔已经站到了猎人的位置，秤都快被他压翻了。他用惠灵顿①在海德公园门口做出阿希尔②的姿势，虽然没有盾牌，但还是挺像的。

"120斤。"博士写道。

"嘿嘿！"乔露出狡黠的微笑。他微笑的原因？无法说明。

"下面该是我了。"博士说道，他记录自己的体重——135斤。

"我们三个人不超过400斤。"他说道。

"但是，主人，"乔又说道，"如果您旅行有需要的话，我可以减掉二十几斤。"

"小伙子，可以了，"博士答道，"你不用减肥，拿着这半克朗，你去放开肚皮吃吧。"

---

① 惠灵顿（1769—1852），1828年—1830年间任英国首相，取得著名的滑铁卢战役的胜利。

② 希腊神话里矮人国的国王。

第七章

几何学上的内容——气球体积的计算——双层气球——外罩——吊篮——不为人知的机器——食物——最终的账单

一直以来，弗格森博士一直在忐忑他探险中的细节问题。他最不安的问题就是气球，这个将载他在空中飞行的强大的交通工具。

首先，为了不使气球的体积过大，他决定给气球里加入氢气，理由为氢气是空气重量的 1/14.5。而且，这种气体不难制造，在以往的气球旅行中，它是最佳气选。

按照精密的计算，博士发现，他要承担重量为四千斤的探险必备品和飞行仪器；那么，他需要找到能够承载这一切的升力，和这些升力所需的气体的容积。

四千斤的重量想要移动需 44847 立方尺①的空气，换句话说，44847立方尺的空气重量约四千斤。

倘若将气球的容积设为 44847 立方尺，向该气球中充入重量为空气 1/14.5 的氢气，而不是空气，氢气的重量只有 276 斤，平衡就会不平，也就是说两者相差 3724 斤。气球内的气体重量和气球外空气的重量差距就形成了气球的升力。

无论如何，倘若给气球里填充 44847 立方尺我们前面说的气体，它就会充斥得很满。可是，不可以，因为，随着气球在越来越稀薄的空气中上升，气球里的气体会变得膨胀，最终会撑破气球的外罩。所以，人们原则上只给气球填充占其容积多一半的气体。

然则，根据只有博士自己才了解的计划，又因为他要加上 44847 立方

① 合 1661 立方米。——原注

尺的氢气，而且还要让他的气球有双倍的容积，他想可以只给气球填充一半的气体。

他把气球的外形设计为好看的长形；它的水平直径为50尺，垂直直径则为75尺①。也就是说，他这个扁球体气球的容积正好是一个整数，即9万立方尺。

如果弗格森博士可以使两个气球，他成功的概率就会增强；倘若其中一个气球在空中爆破，人们可以通过丢弃气球的压载物来支持另一个气球。但是，假设要使两个气球保持相同的升力，那么控制则非常困难。

深思熟虑，博士通过精巧的设计结合了两个气球的优点，同时又解除了两个气球带来的缺点。他制作了两个形状不一样的气球，并把一个套在另一个里面。外面的那个气球采用那个大体积，而里面是一个更小的气球，它的形状与外面的一模一样，然而其水平直径仅为45尺，垂直直径仅为68尺。因此里面的气球的容积只有67 000立方尺，它可以在周围的气流中无拘束晃动，两个气球之间设置有一个开关，它能够将两个气球连在一起。

这样的设计具有如下优点：如果为了下降减少气体，可以先把外面气球里的气体抽空；里面的气球也不会有影响；这样，我们完全可以将外面的气球当作废物将之扔掉，而尽管就剩下较小的气球，它也不会使只有一半气体的气球随风晃动。

此外，如果突发危险或外面的气球爆裂，另一个也会安全。

这两个气球的材料由里昂斜纹塔夫绸制成，它的上面涂了马来树胶。这种树脂树胶有很好的防水性，而且耐酸性也很厉害，可以防止气体泄漏。在球的上面涂了双层塔夫绸，这里是工人们的集思广益的结果。

这种外罩可以在长久的时间内保留住气流。它的重量为每九平方尺半斤。但是，外面的气球的表面积大概为11600平方米，它的重量为650斤。里面的气球的表面积是9200平方米，其重量只有510斤，即总重量一共是1160斤。

---

① 这个体积没什么稀奇：1784年，在里昂，蒙戈尔菲耶先生造了一个容积为340 000立方尺，约合20 000立方米的气球，它可以承载20吨的重物，也就是20 000公斤。——原注

提拉吊篮的绳子是由十分坚韧的麻纤维制成；两个开关是最难的地方，跟制造船舵一样不容易。

吊篮呈环形，直径为15尺，它是柳条和铁架组成，在它内部装有塑料弹簧可以缓和冲击。吊篮和绳子的重量加在一起不超过280斤。

此外，博士还请人用厚度为两分①的钢板做了四个箱子，这些箱子由没有开关的管子连接；他把开关用直径大概两寸②的蛇形管连接，蛇形管末端分成两个不一的分支，一个的高约25尺，另一个的只有15尺。

吊篮里镶入钢箱子，镶入的时候，尽可能让它们不多占吊篮的空间；蛇形管会整体好，因此被分开包在里面，还有一个定量的电池也被包在里面。这个仪器的制作十分细致，它的重量不到700斤，甚至还有个可放25加仑水的不一般的箱子。

探险用的工具有：两个气压仪、两个温度计、两个指南针、一个六分仪、两个秒表、一个人工地平仪和一个用来辨别远处物体的地平经纬仪。格林威治天文台将时刻听候博士的指令。他并不想去做任何物理科学探索，他只想了解方向，清楚主要河流、山川和城市的位置。

他还带了三个制作精良的铁锚，和一个50多尺长的软梯，软梯的质量很好。

博士还准确称了所带食物的重量，这些食物有：茶、咖啡、饼干、咸肉和干肉饼（虽然它体积小，但是里面的营养却很丰富），以及许多烧酒，他带上了两个水箱，每个水箱有22加仑③水。

这些食物的减少会逐渐减少气球里的重量。然而，气球在大气中很不平稳。即使减少的重量很少，它也足以使气球发生不小的波动。

博士记得用一个帐篷覆盖部分吊篮，还有被子、毯子这些探险中必不可少的东西，更没有忘记猎枪，以及猎枪上的弹药。

这是他的几个计算的内容：

博士……………………………………135斤

猎人朋友………………………………153斤

---

① 法分，约合2.25毫米。

② 法寸，约合27.07毫米。

③ 约100升。1加仑合8品脱，即4.453升。

忠诚的仆人·····························120 斤

大气球的重量·····················650 斤

小气球的重量·····················510 斤

吊篮和绳子的重量·····················280 斤

$$\left.\begin{array}{l}锚、工具\\猎枪、被褥\\帐篷、各种餐具\end{array}\right\}等工具·····················190 斤$$

$$\left.\begin{array}{l}肉、干肉饼\\饼干、茶\\咖啡、烧酒\end{array}\right\}等食物·····················386 斤$$

水的重量·····················400 斤

精密仪器·····················700 斤

氢气·····················276 斤

压载物的重量·····················200 斤

所有共重·············4000 斤

这就是弗格森博士计划准备的 4000 斤重物的细节，他只带 200 斤压载物。"这是为了要应付突发状况。"他说，因为机器的作用，他就没想要会用到这些压载物。

第八章

乔的必不可少——坚定号的船长——肯尼迪的军火库——装饰——告别晚宴——2 月 21 日出发——博士的科学课——迪韦里耶和利文斯通——空中旅行的第一环节——肯尼迪变得不再说话

快到 2 月 10 日时，准备工作已几乎完成，双层气球也制造结束；它们的侧面承受住了强大气压的挤压，实验表明它们十分牢固，也暗示出其制造过程中工人的辛苦。

但是，乔闷闷不乐，他不停穿梭于格里克大街和米特谢尔先生的工厂之间，似乎忙忙碌碌，他主动把该事的每个环节奔走相告，而且陪主人做很多事情，并为此感到高兴。我甚至觉得，在向别人介绍气球、讲述博士的想法和计划、让人们透过窗户以及大街上瞧瞧博士升空的过程，这个小伙子也许挣到了几个半克朗，很自然，他完全有权利在大家对博士的敬仰和好奇上做些小动作。

2月16日，坚定号小船在格林威治靠岸。它以螺旋桨作推动器，负荷为800吨，刚刚为詹姆斯·罗斯爵士的极地考察队作过贡献。船长潘尼是个和蔼的人，他对博士十分尊敬，对此次旅行非常支持。这个潘尼不但是个军人，他还是个学者，他仍然拥有四门海军大炮，这四门大炮没有对任何人造成过伤害，它们只是保持世界和平。

坚定号的底舱被再一次整理了一下，以便可以放下气球。2月18日全天，气球被小心地装入了底舱，这也是为了杜绝意外的发生。吊篮以及零件、锚、绳索、粮食、水箱（到达后再装水）都在弗格森的亲自指导下装舱。

另外，船上为了产生氢气还安装了十桶硫酸和十桶废旧钢铁。这个数目比预计的稍多一些，因为以防可能泄漏的氢气加上。制造氢气的仪器是三十个小桶，被放在了底舱的最里面。

在2月18日晚准备就绪。两间布置舒适的房间正在恭候着两个好朋友——弗格森博士和肯尼迪。后者开始发誓说不会同去，但后来却上了船，并且还带了一个打猎用的货真价实的军火库，其中包括两个质量优良的双发猎枪（由枪发射）、一支短枪（曾被爱丁堡的珀迪、穆尔和迪克森实验过）；这些武器能让猎人即使在很远的地方，也可以轻而易举地射中一头岩羚羊的眼睛；另外还有两支六发左轮手枪防身；火药袋、子弹袋、铅弹以及子弹数量一个都不少，没有超出博士限制的重量限制。

三个旅行者在2月19日上船，他们受到了船上每一个人的热烈欢迎，博士对此自始至终表现得十分冷淡，时刻思考着他的探险旅行。迪克非常激动，却表现镇定。而乔呢，十分高兴，为一些滑稽可笑的话语而哈哈大笑，他一下成了博士边上讲笑话的人，博士身边还有一个军官供他指挥。

20 日，皇家地理学会为弗格森博士和肯尼迪举行了一个告别晚宴。潘尼船长和他的下属也被邀出席，他十分激动，大家纷纷向他祝酒。晚宴上连续响起为健康干杯的声音，使所有的客人都感觉宴会很特别。内敛而优雅的弗朗西斯·莫 XX 爵士十分严肃地主持了此次晚宴。

迪克·肯尼迪沉醉在众人的祝酒声中，不亦乐乎。在"为无畏的弗格森，为英国的荣誉"干杯之后，人们当然也要举杯"为同样无畏的肯尼迪，博士勇敢的朋友"而干杯。

迪克的脸红得像苹果，人们认为这是他谦虚的表现，所以掌声一声高过一声，而迪克的脸变得更红了。

正在吃甜点的时候，女王发来问候，她向两位旅行者表示敬意，真诚地预祝他们旅行成功。

午夜十二点时，客人们的告别声渐渐散去。

船长在下属的陪同下登上了停在威斯敏斯特港①等待他们的坚定号小船，泰晤士河急流湍行，带着他们一路向格林威治驶去。

凌晨一点的时候，大家入睡了。

次日，即 2 月 21 日的凌晨三点，锅炉呜呜作响。凌晨五点，起锚，坚定号在螺旋桨的推动下，向泰晤士河口挺进。

我们无需知道船上的交谈是不是集中于博士的冒险。见其人就如闻其声，博士表现得那么自信，除了那个苏格兰人，就没有人对他此次举动的成功有意见。

在漂泊的航程中，博士在军官休息室里上了一堂名副其实的地理课。四十年来在非洲的发现让这些年轻人心潮澎湃；他给他们叙述巴斯、伯顿、斯皮克、格兰特的冒险过程，还给他们讲解这个各地科学探险家的焦点。比如在北边，青年迪韦里耶发现了撒哈拉，图阿雷格人的首领们因此被带回巴黎。在法国政府的赞助下，两支探险队希望从北部下行至西部，然后在廷巴克图见面。在南边，利文斯通坚定不移地朝赤道前进，他在麦肯齐的跟随下从 1862 年 3 月开始沿着罗福尼亚河而上。如果不将六千年

---

① 伦敦的中心区。

来非洲探索清楚，十九世纪就一定不会善罢干休。

当弗格森向大家认真介绍旅行的准备工作时，听众们的兴趣再一高涨；他们验证他的计算，他们议论着，博士也热情参与到了讨论中。

他所带的比较有限的粮食让许多人感到惊讶。有一天，一位军官向他提出问题。

"这会让你感到不解吗？"弗格森问道。

"也许。"

"但是你认为旅行会持续多久呢？整整几个月吗？这就不对了，如果旅行时间过长，我们将会失败，很可能到达不了目的地。你明白从桑给巴尔到塞内加尔海岸不足 3500 里，就算作 4000 里①吧。然而，就算以每十二小时 240 里②的速度前进，也不比火车，如果日夜不停，却只要七天就能够穿越非洲。"

"这么短时间，您能看见什么呢，也无法进行地理发现，更无需大家争论某个国家。"

"也可以，"博士说道，"假如我是气球的主人，可以控制升降，可以在适合的时候停下来，尤其是在遇到过于强烈的风的时候。"

"会有的，"船长潘尼说道，"一些飓风的时速非常猛烈。"

"您可知道，"博士反问道，"时速 240 多里，气球十二个小时就将穿越非洲；到时候人们在桑给巴尔起床，在圣路易就能③睡觉。"

"但是，"一位军官继续问道，"这样的速度带动气球没问题吗？"

"这十分明显。"弗格森答道。

"那么气球能承受得了吗？"

"完全没问题。那是 1804 年拿破仑加冕礼时的情景。晚上十点时气球驾驶员加纳林④在巴黎把一个气球飞向天空，气球上印有'巴黎，8 年 3 月 25 日，由庇护七世⑤给拿破仑加冕'的金字。次日凌晨五点，罗马的

---

① 约合 1400 古里（法国古里，约合四公里）。——原注

② 合 100 古里。博士总是用 60 度的地理长度单位。——原注

③ 塞内加尔的港口。

④ 加纳林（1770—1823），法国气球驾驶员。

⑤ 庇护七世（1742—1823），1800—1823 年间任教皇。

居民们就目睹那个气球从梵蒂冈上空飘过，经过罗马的乡村后差点掉进布拉恰诺湖里面。所以说，先生们，气球可以承受这样的时速。"

"仅仅是一个气球，当然没问题；但要是气球里面有人的话。"肯尼迪顺势插了一句。

"有人也一样！因为相对于气球周围的空气而言，它都是平稳的；并不是它在运动，而是气流本身在流动；也就是说，您把一支点燃的蜡烛放在吊篮里，蜡烛的火焰会很平稳。即便一个气球驾驶员在加纳林想要上升的气球里，他也不会有什么感觉。再说，我也不需要如此的速度，就算是夜间挂在树上或停在凹凸的地面上，我也要坚持。况且，我们准备了两个月的粮食，如果我们着陆，猎人一定会给我们带来丰盛的猎物。"

"啊！肯尼迪先生！您可要开始行动了！"一位青年海军候补生用敬佩的眼光注视着这个苏格兰人。

"肯定此项荣誉会让您更加快乐！"另一个人补充道。

"绅士们，"猎人答道，"对你们的称赞我十分感激，不过我不会领受它们……"

"嗯！"大家不解发出这样的感慨，"您不去吗？"

"我不会去。"

"您不一起去吗？"

"我不仅不陪他，我来这里就是为了在最后一刻劝说他。"

全部的目光望着了博士。

"别理他，"他平静地说道，"这事情不要和他讨论，他很明白地知道自己要去。"

"以圣帕得里克的名义！"肯尼迪叫喊起来，"我发誓……"

"别发誓什么了，我亲爱的迪克，你测量过，也称过体重，你还带的火药、猎枪和子弹。因此，你就别再争辩什么了。"

真的，到了桑给巴尔，迪克一直沉默，他对此事不再有言语，只是胡说些其他的事情。

第九章

转悠海角——前甲板——乔教授讲解的宇宙学——论气球方向——论气流方向——大气流的研究——Euoηχα①

坚定号快速地向好望角前进；虽然海浪一浪高过一浪，但天气却一直很明媚。

3月30日，即离开伦敦后的第二十七天，地平线上出现了桌山②的景象。群山环抱里的开普敦渐渐靠近了，坚定号马上就在开普敦港准备靠岸。不过船长停在这里只是为了给船上装点煤，这就是这一天所要做的。第二天，轮船向南行驶准备转游非洲最南端后驶入莫桑比克海峡。

乔多次出海，他很快就把船当成了自己的家。他的直率和乐观为他带来了好人缘，因此他很快将主人的名声传扬。他的讲话甚至和重要人士的讲话有同样的可信。

很显然，当博士继续在军官休息室讲课时，乔已经占据了前甲板的位置，他讲演独具特色（也就是各个时代那些最优秀的历史学家采用的方法）。

问题当然是涉及空中旅行。乔费了好大的力气才让那些固执的人接受了这种方式。但是，同时，此事一旦被接受，在乔的讲叙的启发下，水手们甚至相信一切皆有可能。

唾沫横飞的叙述者说服了他的听众，这不会是最后的旅行。这只是一个超人的漫长壮举的第一页。

"啊！我的朋友们，当大家已经经历过这种行动，就只想继续坚持；

---

① 希腊语，"找到了"的意思。
② 位于南非城市开普敦北面。

所以，我们下一趟旅行不会从边上过，而是勇往直前，一直往前。"

"那么到月球上去吧！"一位听众高兴地说道。

"到月球上去？"乔反驳道，"不，没问题，这太寻常！任何人都会去月球。再说，那里没有水，人们得带上许多食物，甚至连氧气瓶也得带，要不然人们将憋死。"

"哦！那么那里会有杜松子酒吗？"一位水手问道，他对于这种饮料不了解。

"这不可能，我的朋友。月球不可能有杜松子酒，我们马上游览我的主人常常谈起的那些美丽注目星球逛逛。所以，我们将从参观土星开始……"

"就是那个周身有一圈光环的星球吧？"一位海军下士问道。

"对！这个光环像结婚戒指。只是它的新娘是谁呢！"

"真的！那个地方那么高，你们要去那里？"一位吃惊的小水手说道，"这样说您的主人必定是个魔鬼。"

"魔鬼！像他这么优秀的人怎么可能是魔鬼呢？"

"但土星之后呢？你们去哪儿"听众中一位最着急的问道。

"在土星之后？嗯……我们将去木星，更有趣的地方，看看，那里的白天只有九个半小时，懒惰人一定喜欢，还有，那里一年几乎等于地球上十二年，对于那些寿命不多的人来说，有很大的好处，可以让他们的生命延长！"

"十二年？"小水手怀疑地问。

"当然，我的小朋友。所以，在这个星球上，你仅仅是个吃奶的小婴儿呢，而五十几岁的老人则会成为一个幼儿园的小孩。"

"这真让人觉得难以置信！"一个声音突然从前甲板处传出来。

"这确是事实，"乔肯定地说，"但是对你们来说又有什么用呢？当人们在地球上无聊生活的时候，人们什么也不知道，只会像老鼠海豚那样无所事事。去木星转转，你将有所收获！另外，在那里需要穿制服，因为在它周围还有些卫星，它们并没有你们想象的那么容易啊！"

人们笑了起来，但是对此都有疑惑。他又给他们描述海王星，在那里海军得到激烈的接待。还有火星，在那里军人很主动，这让人十分讨厌。

至于水星，这是个低下的地方，那里只有小偷和商人，他们那么相像，可以很难将他们加以辨别。最后，在他的描述中，金星是一幅美丽的油画。

"而且当我们这趟旅行回来以后，"乔温和地描述着说道，"人们会授予我们南十字座奖章，这是上帝衣服上的纽扣，永远金光耀眼。"

"你们一定会得到啦!"水手们说道。

在前甲板上，大家就这样开心地交谈着，度过了许多漫长的夜晚。而此时，博士那充满教育意义的谈话也仍旧进行着。

有一天，大家就气球的方向讨论着，弗格森应邀就此发表了自己的观点。

"我根本不相信人们最终可以掌握气球，"他说道，"我了解所有被实践过的和被推荐的系统，都失败了，都没用。你们很明白，我必须关心这个对我来说非常重要的问题，但是要解决这个问题，利用现有的机械方面的知识是不够的。需要找到一个能量超常、重量超轻的发动机! 而且，人们也无法抗拒某些不利的气流! 因此，换句话说掌控气球，而是人们更加关心掌控吊篮。"

"但是，"有人反驳道，"在气球和轮船之间有密切的关联，它们都受人控制。"

"当然不是，"弗格森博士道，"没有什么关联。水的密度比空气的大得多，船仅仅一半沉没在水里，而气球全部置身在大气中，而且于四周的气流而言是相对静止的。"

"那么您觉得空气静力科学很成功了?"

"还没有! 当然没有! 倘若我们无法掌握气球，那么就无法使它们置身在空气气流中，所以应该另寻它物。随着气球的升高，空气气流将在其高度上保持稳定；它们不再被地球上凹凸的峡谷和高山所干扰，你们清楚，这可是空气和气流变化莫测的重要原因。一旦了解这些区域以后，气球在适合它的气流中飞行就可以了。"

"但是，如果这样，"潘尼船长又说道，"要适合气流，气球就必须升降得非常平稳。这才是主要的麻烦所在，我敬爱的博士。"

"为什么，我亲爱的船长?"

"我们意见相同：这只是关于长途旅行的艰难险阻，而不是容易的空中漫步。"

"为什么呢?"

"因为您只有在扔掉载重物后才可以上升,在抽出一部分气体后才可以下降。以此类推,您的气体储备和载重物将迅速就消耗完。"

"我亲爱的潘尼,这就是关键问题,这就是科学需要攻克的地方。这不是关于控制气球,而是关于怎样不耗费气体,它的血液,它的灵魂,使气球飞行,如果能这么解释的话。"

"您说得对,我亲爱的博士,只是这个问题还没有找到解决的方法。"

"恕我直言,解决了。"

"有了? 谁找到的?"

"我啊!"

"您?"

"您很明白,没有这个,我不会疯狂地乘气球穿越非洲。二十四小时以后,我会让气球里的气体泄漏得一点不剩!"

"但在英国您为什么没有说?"

"我不想在公众面前出风头,对我来说这样很无聊。我秘密着手了一些准备工作的实验,对此我很满意,所以就不必再多说什么了。"

"啊! 亲爱的弗格森,您的秘密可以告诉我吗?"

"好的,绅士们,我的方法十分容易。"

听众们聚精会神,博士平静地开始讲解。

第十章

过去的实验——博士的五个箱子——气体吹管——保暖设备——操作方法——一定成功

"先生们,人们已经想方设法尝试在不失去气体和载重物的情况下,怎样让气球自由地升降。法国气球驾驶员默尼耶先生为了达到这个结果，曾经想到过将气体压缩到一个内在容器里的方法。比利时人范赫奇博士利用机翼和桨叶创造了垂直动力，但是都不实用。这些方法所得到的实践结果没有价值。

"所以，我决定换个角度面对问题。首先，我缩减全部载重物，除了不得不带的东西，比如仪器断裂，或者为了躲避一个障碍物必然突然上升。

"我的升降方法只是使气球内的气体在各种温度下膨胀或收缩。我是这样做到的。

"运送吊篮的时候，你们也看到了几个你们不明白有什么用的箱子，它们有五个。

"在第一个箱子中，大约装入了25加仑水，水里还滴了些硫酸，使传导性增强，然后用能量巨大的本生电池将其分解。就像你们所知道的，水被分解成两个氢原子和一个氧原子。

"氧在电池的作用下，从正极导入第二个箱子。容量很大的第三个箱子放在这个箱子上，用来装载从负极导出来的氢气。

"这两个箱子和第四个箱子被一些门阀连接起来，门阀之间全是双向开口。第四个箱子被称作混合箱，水电解出来的两种气体就混合在这里。这个混合箱的容积大概为41立方尺①。

"在这个箱子的一半是一个铂管，铂管上装有开关。"

"你们都了解，先生们：我为你们讲说的仪器其实就是个温度很强的氢氧吹管。

"下面，我要描述仪器的第二部分。

"两个有点间隙的管子从全部密封的气球的下端导出，其中一个管子的底部处在上面的氢气层，另一个在末端。

"这两个管子相间都装有牢固的橡胶绞索，以便它们可以适应气球不稳定的特性。

"直到吊篮，直伸一个叫作热箱的圆柱形铁箱里。它的两头由两片一

---

① 1.5立方米。——原注

样金属的铁盘包裹起来。

　　"从气球底端的管子穿过底部铁盘插入到圆柱形的箱子中，并因此对类似螺旋形蛇形管的形状产生影响，这个蛇形管的叠环几乎充满了整个箱子。从下面伸出，蛇形管进入一个底部朝下、呈凹陷状，形状类似一个球冠的小圆锥体中。

　　"第二个管子从这个圆锥体的头伸出，刚才讲到的，定在气球的上层。

　　"小圆锥体的球冠为躲过在吹管的作用下熔化所以选用铂金。这个吹管被铁箱的底部放入，穿通蛇形管，其外焰差不多能靠近球冠。"

　　"先生们，一套制暖设备完成。它是怎样运行的呢？室内的空气被压缩而通过管子，使高温流出。然而，我先前给你们讲过的，说实在的，只是个暖气设备。

　　"实际上，会怎样？只要点燃吹管，蛇形管和凹形圆锥体中的氢气就会马上遇热升温而由管子直达气球的上部，下面抽空，这个空当正好吸收下面气体然后对其进行加热，这样来回运作；所以，在管子和蛇形管里会发生一股快速运动的气流，先从气球里出来，然后回到气球并被加热。

　　"然而，变热一点，气体的体积就会比原来膨胀 1/480 倍。而当温度升高 18 度①时，气球里的氢气将比原来膨胀 18/480 倍，也就是 1614 立方尺②，它因此移动 1674 立方尺的空气，这就会使上升动力增加 160 斤。所以，相比扔掉一样的载重物。如果温度高达 180 度③，气体将比原来膨胀 180/480 倍，它将移动 16740 立方尺的空气，上升动力会越来越强达到 1600 斤。

　　"你们知道，先生们，这样我就能改变平衡。这样计算气球的容积，尽管只给气球充一半气，它也能移动重量恰恰是氢气外罩、承受旅行者的吊篮等等其他的重量之和。充气之后，它将在空气里保持安全平衡，不晃动。

---

　　①　即 10 摄氏度。温度每升高 1 摄氏度，气体体积就比原先膨胀 1/267。——原注

　　②　大约 62 立方米。——原注

　　③　即 100 摄氏度。——原注

"倘若要让气球上升，使气体温度升高至高于周围的温度就可以了；凭借这股热力，吹管就会拥有更加强大的压力，气球越吹越大，这样，比起利用更多氢气使气球膨胀上升，可以飞得更高。

"下降可以使温度降低。所以，让气球上升总比让它下降速度快；我不喜欢让它下降太快，相反，我想通过迅速的上升来完全飞行。危险不是在上面，而在下面。

"此外，如我所说，我有固定数量的载重物，这让我可以飞快上升，如果这会有必要的话。位于气球上端的开关只是个保险阀。气球保持相同的氢气；我在密封的气体里制造的温度变化只是提高上下效率。

"吹管里氢氧的燃烧产生了水蒸气。所以，我将一个带有开关的排气管设备到那个圆柱形铁箱的下部，这个管子没有两个气压，只要水蒸气到达这个气压，它将自动排出。

"下面是一些具体的数据：

25 加仑水根据它的组成成分被分解为 200 斤氧和 25 斤氢。在正常的气压下，前者是 1890 立方尺①，后者是 3780 立方尺②，加起来就是 5670 立方尺③的混合气体。

"然而，因为开关外露，每小时要耗费 27 立方尺的混合气体④，热量是大型照明灯的 6 倍。所以，平均来算，要使我保持普通温度，只需要每小时燃烧 9 立方尺⑤就足够了；而 25 加仑水则说明飞行时间为 630 小时，即 26 天多一点。

"但既然可以自由上下，在旅途中补给用水，我的旅行将可以持续很长。

"这就是我的秘密，先生们，这很简单，就跟其他容易的事物一样，不会失败。我的方法中气体的膨胀和收缩既没有机翼，也没有发动机。只需一个用来制造温度变化的暖气设备、一个用来加热的吹管就够了，它们

---

① 即 70 立方米的氧。——原注
② 即 140 立方米的氢。——原注
③ 即 210 立方米。——原注
④ 即 1 立方米。——原注
⑤ 即 1/3 立方米。——原注

会轻便，也不重。所以，我确信我已经准备好获得成功的必要条件。"

弗格森博士就这样结束了他的演说，并得到了热烈的表扬。没有任何反对，一切全在预料和决策之中。

"然而，"船长说道，"这样会很危险。"

"没关系呢。"博士浅浅地答道，"只要它行得通。"

第十一章

到达桑给巴尔——英国首领——当地居民的不友好——库布尼岛——雨水制造者们——气球充气——4月18日启程——最后的告别——维多利亚号

一路顺风加快了坚定号朝目的地挺进的进程。在莫桑比克海峡上的行驶非常稳定，海上航行的顺利也保佑着空中航行的顺利。所有人都很高兴在到达的时候再为弗格森博士的预备工作帮忙。

最终，来到了桑给巴尔市，它在桑给巴尔岛上，4月15日早上十一点，坚定号在该港抛锚。

桑给巴尔岛位于法国和英国的同盟马斯喀特的伊玛目的管辖范围内，这个港口等候着来自周边地区的大量船只，它当然是坚定号完美的停留地。

该岛是由一个最宽的地方也不过30海里①的海峡将之与非洲海岸相间。

这个岛的橡胶、象牙贸易十分红火，此外桑给巴尔岛还经常买卖奴隶，在内陆首领不停的战争中俘获的俘虏都被买到这里。这项买卖还从东海岸一直漫延至尼罗河一带，勒让先生就曾见过这项交易在法国的舰只上

---

① 合12.5法里。——原注

明目张胆进行。

坚定号才停脚，英国驻桑给巴尔领事就上船迎接博士和其他船员，并为博士的计划给予帮助，早在一个月以前，他已经从欧洲的报纸了解了这些计划。不过那时，他也一样对此持怀疑态度。

一边他伸出手要和塞缪尔·弗格森握手的时候，他一边说道："我曾经对此十分不相信，但是，现在我很坚信。"

他把博士、迪克·肯尼迪请到自己的房子住宿，当然还有正直的乔。

因为他的信任，博士才能看到斯皮克船长发给领事的许多信件，为此他了解到在到达乌果果国之前，船长以及同伴忍饥受饿的历程。他们在艰辛困苦中挣扎，已经不再幻想可以寻求向外界的帮助。

"这些磨难我们都可以避免。"博士说道。

旅行者们的行李被载运到领事为他们提供的房子里。人们预期将气球安放在桑给巴尔的海岸，在信号杆附近有一个合适的地方，它靠近一个高大的建筑物旁，这个建筑物可能为气球挡住东风的干扰。它是一座钟楼，好像一个木桶，海德堡的木桶要是和它比拟简直只是小桶。这幢建筑物是作防御工作的，在其平台上，一些俾路支人在站岗，他们手握长矛，很容易看出他们是一群游手好闲高声吵闹无所顾忌的散兵游勇。

但是，领事被通知岛上的居民要用武力反对在该岛卸气球，非常盲目无知。一个想在空中飞行的基督徒来到的消息让岛民们生气了，这些黑人比阿拉伯人还要冲动，他们把这项计划看作反宗教，他们说这是在对太阳和月亮的做坏事。因为，这两个星球是非洲游牧民族尊敬的神。所以，他们坚决反对这样亵渎神灵的冒险。

领事了解了这些消息之后，立刻与弗格森博士和潘尼船长想办法。后者当然不会害怕威胁，不过他的朋友却表明观点。

"我们一定会成功，"他说道，"伊玛目的士兵们可以在关键时刻帮助我们。只是，我亲爱的船长，事故的发生突然，一次恶意的袭击就能使气球遭受严重的损伤，整个旅行也将可能被完全破坏。所以，行动的时候不得鲁莽。"

"但是，怎么办？只要我们在非洲海岸线登陆，就会连续遇到同样的困难！我们能做什么呢？"

　　"这很简单，"领事回答道，"你们瞧瞧这个港口附近的岛屿，我们可以将把球放在其中的一个小岛上，而后让水手们保护你们，就不再有任何风险。"

　　"很好，"博士说道，"如此我们就可以踏实地去做准备工作。"

　　船长表示同意，坚定号靠近了库布尼岛。4月16日，大家用了一个上午的时间将气球安全地卸在一片地势凹凸的林中空地上。

　　人们立起两根80尺高的杆子，每个杆子的顶部分别安装着一套滑轮组，这样，仅仅一根横着的缆绳就能托起气球，整个气球不需要充气，里面气球的顶部与外面的气球相连，所以不难被托了起来。

　　每个气球内部的多出部分安装着两个输进氢气的导管。

　　17日全天都在安装由30个桶组成的制造气体的仪器，水的分解成份是把废铁和硫酸放入大量的水里。氢气经过过滤之后，进入中央的大桶里，再从里面通过导管进入每个气球。这样，气体可以平均分配。

　　在这项制造过程中，需要使用1866加仑①硫酸，16050斤②铁以及966加仑③水。

　　此项操作开始于凌晨三点，整个过程用了八小时。第二天，满身上下都是绳索的气球在吊篮上自由地漂动。它被许多沙袋固定在地面上，使气体膨胀的仪器被仔细地安装上去，从气球中导出的管子也与圆柱形筒连了起来。

　　锚、绳、工具、铺盖、帐篷、食物、武器，这些都各就各位；水的设备在桑给巴尔开始安装。二百斤载重物被连续装入五十个袋子里，它们尽管放在吊篮底部，手却仍可触碰。

　　大概下午五点，准备工作结束，哨兵认真地守卫着该岛，坚定号小船在海峡里巡游。

　　黑人们一直不停地用各种办法表示他们的愤怒。巫师们于愤怒的人群中来回跑动，使愤怒上升，几个狂热分子还试图游近小路，但是，他们没有成功。

---

①　合3250公升。——原注

②　合8吨多。——原注

③　约合41250公升。——原注

接着他们开始施展巫术和咒语，自称能调度乌云的唤雨巫师们召唤飓风和石头骤雨①来增加他们威力，他们将当地各种树木的叶子捡起来，然后用小火煮这些树叶，同时，将一根尖尖的针插进一只绵羊的心脏。但是，尽管做了许多努力，天空依然晴朗，绵羊和鬼脸都没有用。

黑人们又开始喝醉，在"当波"这种从椰树里提取的烈性酒，和一种叫作"拖各瓦"的酒精强劲的啤酒中迷醉。他们的歌声没有其它的旋律，节奏却算得上轻快，他们嚎唱着这样的歌直到黎明。

下午六点，最后的晚餐把三位旅行家、船长以及官员连合在餐桌旁。失宠的肯尼迪自言自语着一些让人无人听懂的话语，他目不转睛看着弗格森博士。

不过这顿饭的氛围比较忧伤，伟大时刻的降临使人们都沉默起来。这些勇敢的旅行家的命运如何继续？他们是生是死？假如没有交通工具，他们该怎样战胜粗野的游牧民族、荒山野岭和沙漠？

这些不怎么让人开心的零碎想法回旋在人们脑海。一向平静的弗格森博士努力地分散大家的注意力；不过他失败了，他的努力一点效果也没有。

因为害怕博士本人及其同伴会遭到袭击，他们每天晚上都睡在坚定号上。早上六点，他们起身离开房间，走向库布尼岛。

气球在东风的抚摸下轻轻晃动着，二十个水手把用来稳住气球的沙袋拿出。潘尼船长和官员出席了郑重的出发典礼。

此时，肯尼迪径直走向博士，握住他的手并说道："下定决心了？塞缪尔，你只能走？"

"是的，我亲爱的迪克。"

"我真的已经全力以赴阻止这次旅行了吗？"

"是的。"

"那么，我将不会再有任何遗憾，我和你一起去。"

"对此我一向坚信。"博士答道，他的脸上充满激动。

到最后说再见的时刻了。船长和官员们亲切地拥抱他们的朋友们，包

---

① 黑人对冰雹的称呼。——原注

括乔这个高傲活泼的人物。所有参与者都争先恐后跟弗格森博士握手。

上午九点，三位伙伴进到吊篮里：博士点燃喷嘴，调整火焰以便快速加热。一会儿，气球慢慢上升。水手们慢慢放开拴着气球的绳索，吊篮升高了20尺。

博士站在他的两位伙伴之间，挥手告别："我的朋友们，我们的空中之船将有个动听的名字！我们就叫它维多利亚号吧！"

响亮的欢呼声此起彼伏："女王万岁！大英帝国万岁！"

气球的升力飞快迅猛。弗格森、肯尼迪以及乔向他们的朋友作了最后的告别。

"都放开！"博士喊道。

就这样，维多利亚号伴着坚定号四尊海军大炮轰隆隆的礼炮声，飞速飞入云霄。

第十二章

横渡海峡——穆里玛——迪克的话和乔的建议——配制咖啡的秘方——乌扎拉默——可怜的迈赞——杜苏米山——博士的地图——在仙人掌上睡觉

天气晴朗，风儿和煦。维多利亚号已经升到大概1 500尺的垂直高度，气压计上的水银柱位于这个高度时会降两寸差两分①。

上升时，一股更加明显的气流把气球往西南方向吹去。一幅极其美妙的图景展现在旅行家们的面前！凝重的颜色好像在一个庞大的星球之上，田野呈现出缤纷色彩，一丛丛树木凸显出来。

岛上的居民小得像昆虫一样。欢呼和叫喊声在大气中渐渐褪去，只留

---

①　约5厘米。海拔每升高100米，水银柱就下降1厘米。——原注

下轮船的礼炮声，气球中的气体随之振动。

"这一切是那么美啊！"乔打破了沉默。

但没有任何声音回应他。博士正忙着通过观察气压计的变化来记录上升过程中的每个细节。

肯尼迪目不暇接地四下张望着。

在阳光的帮助下，气压升高了。维多利亚号上升到 2 500 尺高空。

坚定号现在俨然成了一只小船，非洲海岸逐渐在西方一片宽广的泡沫之中消失。

"你们怎么不说话呢？"乔问道。

"我们正在观察呢。"博士一边回答一边把他的望远镜扫向陆地。

"我倒想说说话。"

"随你怎么高兴怎么说吧。"

而乔却独自发出了一串串的象声词，"哦！""啊！""嗯！"从他的嘴里一个接一个地冒出来。

在海上时候，博士仔细地分析，认为不能改变原来的飞行状况。他利用广阔的视野观察海岸，他一直观察挂在半开的帐篷外面的温度计和气压计。放在外面的第二支气压计是用来作整个夜间的观察。

两个小时以后，维多利亚号的速度超过每小时 8 英里，飞达海岸上空。博士减弱喷嘴的火焰以让气球快速下降到距地面 300 尺的空中。

气球现在正在非洲东海岸穆里玛的上空，大片大片的红树林守卫着海岸，退潮使人们能欣赏到它们那被印度洋海浪淹没的巨大根系。筑起海岸线的沙丘延绵不断伸到地平线的尽头，恩古鲁山①的山峰在西北方矗立。

维多利亚号正在一个村庄周围上空，根据地图，博士发现是高乐村。汇聚起来的村民愤怒而恐惧地叫喊着，他们把一支支箭徒劳地射向这个空中的庞然大物。维多利亚号在无力而疯狂的人群之上飞行着。

风向朝南能让博士追踪到伯顿和斯皮克船长的行踪。

肯尼迪最终变得跟乔一样，他们之间相互赞美着。

"去他的公共马车！"一个说。

---

① 位于尼日利亚境内。

"去他的蒸汽机!"另一个附和。

"去他的火车!"肯尼迪继续，"人们坐着火车穿过一个国家，却失去了欣赏这个国家的景色的机会。"

"和我聊聊气球吧!"乔又说道，"人们感受不到移动，而大自然却将自己慢慢地变化!"

"多么令人陶醉的景象啊!真像梦境一般!"

"我想到午餐时间了。"乔说突然道，新鲜的空气使他有了好胃口。

"是个好主意，小伙子。"

"哦!做饭用!饼干和肉罐头就够了。"

"咖啡尽情喝，"博士补充道，"我许可你借用一点喷嘴上的火焰，免得担心多余的火焰导致火灾。"

"这够恐怖的，"肯尼迪接道，"就像在我们脑袋上面停留了一个火药袋。"

"并非如此，"弗格森答道，"但是，气体会渐渐消耗，我们掉到地上将使我们不快。不过，完全用不着担心，我们的气球整个是密封的。"

"我们先吃午餐吧。"肯尼迪说。

"先生们，"乔说道，"虽然我现在也跟大家一样饥饿，不过我还要煮一种你们印象深刻的咖啡。"

"事实是，"博士接着说道，"在乔的数不清的优点中有一种就是配制这种饮料。他将口味各异的材料混合起来制作这种饮料，但他从来不希望让我知道是什么材料。"

"好吧!我的主人，既然我们在野外，我心甘情愿将我的秘方告诉你们。其实就是等量的木哈咖啡①、布帮咖啡②，再添加上里约—纽内咖啡③的混合物。"

不久，三杯冒着热气的咖啡端了上来，它带给了用完午餐后的宾客们愉快的心情。饭后，每个人又回到自己的岗位继续观察。

这个地方非常富饶，迂回曲折的小路消失在漫无边际的绿色之中。田

---

① 原产阿拉伯。

② 产自巴西。

③ 原产西非。

野里生长着已经熟透的烟草、玉米和大麦；放眼望去到处是大片的盛开着紫红色的花朵的笔直的水稻。楼房的底层用柱子围出的空地里养着成群的绵羊和山羊，这里倒是捕猎的好地方。郁郁葱葱的植物在这片肥沃的土地上自由自在地生长着。维多利亚号的到来又引到了周围许多村庄村民的愤怒，弗格森博士小心翼翼地将气球控制在弓箭的射程之外。村民们聚集在毗连的茅屋周围，念着咒语诅咒旅行家，直到气球消失。

中午时分，博士用地图判断他们已经来到乌扎拉默①国的上空。原野上生长着椰子树、番木瓜树和棉花树，但是飞翔的维多利亚号却并不在意。乔认为在非洲生长这些植物是非常自然的事情。肯尼迪发现，仅仅一枪就可以射杀这里的野兔和鹌鹑。但是无法收起猎物，开枪也是浪费弹药。

旅行家们以每小时 12 英里的速度继续向前飞去，很快就来到位于东经 38°20′的地方，这里正是汤达村上空。

博士说道："就是在这个地方，伯顿和斯皮克发了高烧，他们曾经认为探险必须中断了。其实，他们离海岸很近，但是，他们已经被疲惫和饥饿折磨得精疲力竭。"

实际上，博士为了避免被在这个地方长年横行的疟疾所传染，也只有升高气球，远离这片充满病毒的潮湿土地，让灼热的阳光赶走潮湿土地上发散出的疫气。

偶尔，可以看见一支躲在某个"卡阿拉"② 休息，等待着夜晚天凉下以后才能继续赶路的沙漠商队。树篱丛林在这里围出一大片空地，来往客商在这里可以免遭猛兽袭击和躲避该地强盗的洗劫。当地居民一看到维多利亚号就惊慌失措，四处逃散。肯尼迪希望靠近点儿观察他们，但是，塞缪尔却不同意。

"部落头领们手里都有火枪，"他说道，"我们的气球很容易被打穿个洞的。"

"一个子弹就会让气球掉下去吗？"乔问道。

---

① 前缀 U 和 ou 在当地的方言里是"疆域"的意思。——原注
② 地方语。村庄的意思。

"不会立竿见影，但是，这个窟窿很快就会变成一个大裂缝泄漏完气球里的氢气。"

"所以，我们得离这些疯子远点儿。他们看见我们在空中飞行会禁不住要崇拜我们了。"

"随他们崇拜去吧，"博士答道，"不过，还是要离他们远点以防万一。看下面已经变了模样；村庄越来越稀少；芒果树没了踪影；植物延伸到这个纬度为止。地面凹凸崎岖，让人感觉到随后就要进入山区了。"

"事实上，"肯尼迪说道，"从我这个位置好像看到了几处高地。"

"在西边……我想是乌里扎默最重要的山脉——杜苏米山，最好我们能躲在这座山后面过夜。我去把喷嘴的火力弄大些，以保持在五六百米的高度上。"

"您研制的这个机关真棒，先生，"乔说道，"又好使又不累人，只需要转转开关，就全解决了。"

"这样我们就好受多了，"当气球升高的时候，猎人说道，"红色沙子反射的阳光让人难受。"

"多么神奇的树啊！"乔喊道，"尽管在这算不了什么，但是用不了十几棵树就能连成一大片树林实在美。"

"这些叫作猴面包树，"弗格森博士答道，"瞧这一棵，它的树干就有一百多尺粗。1845 年，法国人迈赞也许就是在这棵树下遇害的，我们下方是他只身冒险到过的代耶—拉—莫拉村，他被当地的酋长绑在一棵猴面包树上，在战歌声中，这个无人性的黑人割下了迈赞全身的关节；然后割断他的咽喉，直到刀子变钝了才罢手，最后，他竟然生生把这个可怜人的头给硬拧了下来！这位可怜的法国人当时年仅二十六岁！"

"难道法国政府对这样的罪行就没有任何行动吗？"肯尼迪问道。

"法国提出了抗议；桑给巴尔的国王采取一切手段捉拿凶手，但始终没有成功。"

"千万别在半路停留，"乔说道，"我的主人快升上去吧，如果您相信我的话。"

"当然，乔，因为杜苏米山就近在眼前。据我估计，我们晚上七点前就会越过它。"

"我们夜里就休息了吧？"猎人问道。

"是的，夜里尽量不飞；我们必须在保证人身安全的情况下小心地旅行，但是，除了穿越非洲我们还应仔细地考察一番。"

"直到现在，我们可没什么可不满的，主人。这里是世界上最富饶的地方，而不是沙漠！鬼才相信那些地理学家！"

"我们等着看，乔，待会儿你就会知道了。"

大约晚上六点半的时候，维多利亚号接近杜苏米山面前，要想越过该山，为了升高到3000多尺的高空博士将温度调高十八度①。他只需动手就完全可以操控气球超越的障碍物，气球就这样紧贴着爬过山顶。

八点钟，从吊篮里抛了出去气球的铁锚钩住了一棵巨大仙人掌的枝蔓并且紧紧地卡在树上。乔立即顺着绳索溜下来，将绳子牢牢地固定住。然后，他又顺着放下的软梯轻快地爬回吊篮中。气球没遇上了东风，停留在那一动不动。

晚饭时间，旅行家们因空中旅行而兴奋不已，胃口大开的人们围在一起很快将补给吞下了一大部分。

"今天我们那条线路什么样？"肯尼迪狼吞虎咽地问道。

博士根据月亮确定下位置后查了查被他作为旅行指南的博士的好友——彼得曼在哥塔出版的《非洲最新发现》地图册。这本地图册对于博士的整个旅行意义重大，因为里面收录了伯顿和斯皮克走过了大湖区巴斯博士走过的苏丹、纪尧姆·勒让走过的下塞内加尔和拜齐博士走过的尼日尔三角洲的路线图。

弗格森博士还带了一部汇集了所有关于尼罗河基本知识的《尼罗河源头——其河谷、源头之概况及其发现史》，是查理·贝克博士写的。

他还带了一些在《伦敦地理学会简报》上刊登的精美地图以防漏掉任何一个探索的角落。在清楚了当时的位置后，他发现他们已经向西前进了20英里②。肯尼迪感觉他们在朝南飞行。但是，博士倒是挺高兴，他希望尽可能地寻找出在他们之前的探险家走过的路线。

---

① 约10摄氏度。——原注
② 约50古法里。——原注

为了保证大家的安全，旅行家们决定晚上轮流值班。博士从晚上九点开始，肯尼迪负责晚上十二点，乔凌晨三点。于是，弗格森博士上岗的时候，肯尼迪和乔裹上被子在帐篷中安然入睡。

第十三章

天气不定——肯尼迪生病——博士的药——陆地之行——伊曼内河谷——鲁别奥山——在6000尺高度——白天休息

这一夜平安过去了。然而，星期六早晨，肯尼迪一醒来，就叫着四肢乏力，浑身打战，看样子是发烧了。要变天了，天空乌云密布预示着一场暴雨。这个宗戈梅鲁国真是令人头疼，雨一直下个不停，只有在一月份里有一半时间是晴朗的。

暴雨马上就来了，他们脚下的道路被湍流截断，变得寸步难行，周围到处生长着多刺的灌木丛和巨大的藤本植物。空气中弥漫着伯顿船长提起过的硫化氢恶臭。

"他说得太对了，"博士说道，"每簇荆棘丛后面都好像掩藏着一具死尸似的。"

"真是个坏地方，"乔答道，"我认为肯尼迪先生在这儿过了一夜之后就生病了。"

"是的，我发烧得很厉害。"猎人说。

"这没什么值得担心的，我亲爱的迪克，我们现在位于非洲最容易生病的地区之一。放心吧，我们不会在这儿久留。出发吧。"

乔身子敏捷地把铁锚卸下来后踏着梯子又爬回了吊篮里。博士使气体立即膨胀起来，维多利亚号在一阵强气流的推动下又开始前进。

弥漫着刺鼻气味的烟瘴里隐约可以看见几间草房。地上的景物连续变化。在非洲，经常可以看到一个环境糟糕且面积很小的地区与其接壤的却是非常卫生的地区。

可以看出肯尼迪非常痛苦，高烧折磨着他强壮的体格。

"病得真不是时候。"他说着，将自己裹进被子里睡了下来。

"忍一下，我亲爱的迪克，"弗格森博士回答道，"你很快就会恢复的。"

"当然！当然！塞缪尔，假如你带的旅行药箱里有对症的药就快给我吧。我闭着眼睛就可以吞掉它。"

"我有比这更好的而且是不用花一文钱的退烧药。"

"是吗？你要怎么做？"

"这非常容易。我只需要飞到这片乌云上面，将这混浊的空气踩在脚下。你给我十分钟膨胀氢气。"

还没到十分钟，旅行家们就穿过了云雨层。

"再忍耐一下，迪克，你会呼吸到纯净的空气和阳光。"

"这就是你的药啊！"乔说，"真令人难以置信！"

"不，这很正常。"

"哦！当然，这是自然现象，我毫无怀疑！"

"我要让迪克的气色就像他生活在欧洲时一样，如果是身处马提尼克岛，我会把他送到比顿峰①逃开黄热病时一样。"

"啊！这简直就是天堂。"肯尼迪已经感觉舒服多了。

"也许，它真的要带我们去天堂。"乔一丝不苟地回答道。

此时此刻，大团大团的乌云在吊篮下面形成了一幕壮丽的景观；乌云一朵接着一朵地移动着，相互遇到之后散开，通过阳光，透出绚丽的光辉。维多利亚号已经升到的4000尺的高度温度已经有所下降。此刻，向地球上望去已经看不见大地。西边五十多里开外屹立着鲁别奥山，映出笼罩着阳光的峰顶。它是乌果果国在东经36°20′处的自然边界线。此刻的风速是每小时20英里，但是，旅行家们丝毫没有觉察到任何晃动，甚至都感觉气球静止着。

三个小时后，博士的预言应证了。肯尼迪再也不发抖，而且还有胃口

---

① 马提尼克岛的高山。——原注

吃饭了。

"这比吃药感觉舒服多了。"他满意地说道。

"我几乎要决定在这养老了。"乔说。

上午 10 点左右，天空逐渐放晴。乌云渐渐散开，露出了陆地，维多利亚号渐渐地向地面靠拢。弗格森博士在距地面 600 米的地方成功找到了东北方向气流。地势逐渐变得高低起伏，宗戈梅鲁和最后一片椰树林一起消失在东方。

一会儿，就见到一座座山峰擎天而立，他们必须时刻警惕那些似乎会突然出现的锥形山峰。

"我们似乎飞在岩礁丛中了。"肯尼迪说道。

"放心吧，迪克，我们会避开它们的。"

"无论如何，这种旅行的方式真刺激。"乔反驳道。

博士操纵气球的技术着实让人赞叹。

"假如我们是走在泥泞的地面上，"他说，"我们就会陷进污泥，寸步难行。从桑给巴尔出发走到此处，我们的役畜就已经累死了一大半，我们也会不成人形，灰心丧气，再加上还要跟向导和挑夫斗争，忍受他们毫无教养的粗鲁行为。白天的潮热令人头晕脑涨！夜晚忍受难挨的寒冷和蚊子咬，它们有力的上颚甚至可以穿透最厚的帆布把人叮得发疯！更别说还有那些猛兽和残忍的土著人了！"

"咱们千万不要步行。"乔直接地反驳道。

"我一点都没夸大其词，"弗格森博士继续说道，"如果你读一下那些曾经勇敢地在这里冒险的旅行家们的叙述一定会掉眼泪的。"

上午将近十一点的时候，他们途径伊曼内河谷；散居在山丘上的土著居民手持武器，徒劳地威胁着维多利亚号；气球最终抵达鲁别奥山附近的乌萨喀拉山脉群山中的第三大也是最高的一条支脉。

旅行家们很清楚这个地区在山岳形态上的构造。杜苏米山是第一级，三条支脉被广阔的横向平原分开；这些高山包括圆锥形山峰，山体之间的平原上布满了砂石。这些山的陡峭的斜坡面向桑给巴尔海岸；西坡不过是微微倾斜的高原。在山下乌黑肥沃的土地上，植物茁壮地成长。一条条河流穿过大片的树林子蜿蜒向东流去，最终汇入金格尼河。

"当心！"弗格森博士提醒道，"我们正在靠近鲁别奥山，它的名字在土著语中是'风口'的意思，我们必须绕过它尖锐的山脊。按照我的地图我们马上要升到5000多尺的高空。"

"我们常常会升到这么高的天空吗？"

"当然不。相对于欧亚大陆的高山非洲高山海拔并不高。但是，无论如何，我们的维多利亚号跨过这些山时不会遇到什么障碍。"

很快，气体在热力的作用下膨胀了起来，气球随之开始上升。容量巨大的气球只被填充了四分之三的氢气，气压计表明气球升高到了6 000尺。

"我们会持续飞行很长时间吗？"乔问道。

"地球大气层的厚度有6 000度瓦兹①，"博士解释道，"大体积的气球可以让我们飞得很远。这正是布廖斯基先生和盖伊·吕萨克先生所做过的实验。但是，因为他们飞得太高了，缺乏氧气，导致嘴巴和耳朵都往外流血。几年前，勇敢的巴拉尔先生和比克肖先生也冒险上升到这个高度，不幸，他们的气球破裂了……"

"他们摔下来啦？"肯尼迪关切地问。

"可能吧！不过，所有摔下来的人都毫发无损。"

"那好吧！诸位，"乔说道，"随你们怎么描述他们是如何掉下来的。但我是一个外行，更希望呆在一个既不高也不低的位置。我可没那个抱负。"

在6000尺高空，空气密度已经明显降低，声音的传播困难导致说话也听不太清。视线也变得模模糊糊，眼前都是一些模糊的轮廓远处的景物也更小了。

博士和他的同伴们都发现自己状态异常；一股强劲的气流迅速地将他们从荒芜的山岭吹到了覆盖着皑皑白雪的雪峰；眼前的景象让他们惊叹于远古时期水在造山运动中的强大动力。

太阳悬在头顶，光线洒遍荒凉的山峰。博士详细地绘制这些由四个几乎在一条直线上的圆形山顶组成的山脉，其中，最北边的那座山峰最高。

---

① 法国旧长度单位，相当于1.949米。

　　不久，维多利亚号沿着鲁别奥山的另一边枝繁叶茂、绿树成荫的山坡缓缓下降；飞过山脊和沟壑还有一片荒无人烟的地区；接下来大片因阳光灼烧干裂的黄色平原延伸开来，平原上到处生长着盐性植物和多刺灌木丛。

　　远处的树木和近处几株稀稀落落的矮树凸出在地平线上。博士让气球接近地面，抛出铁锚牢牢抓住一棵参天的无花果树的枝杈。

　　乔顺着锚索飞快地爬到树上，仔细地将铁锚固定住；博士将喷嘴上的火烧旺使气球借助一定升力浮在空中。风好像突然止住了。

　　"现在，"弗格森吩咐，"迪克和乔各拿一支枪去，搞些羚羊肉回来给我们当晚餐。"

　　"打猎去喽！"肯尼迪开心地叫起来。

　　肯尼迪从吊篮里爬了下来。乔早已在那儿伸展着四肢等着他。由于少了两个同伴的重量，博士就把火完全熄灭了。

　　"我的主人，您可小心别飞走了。"乔喊道。

　　"放心吧，小伙子，我静静地停在这里等你们的食物。我要整理一下笔记。路上小心，祝你们打猎尽兴。此外，我会专心注意周围的动静，一有可疑情况，我就会用短枪开一枪告知咱们集合。"

第十四章

　　桉树林——羚羊——集合的信号——突袭——卡尼姆——露天过夜——马布古鲁——吉乌——拉——姆科阿——补给饮水——到达卡结赫

　　这个地方干旱少雨，黏土质的土壤在太阳的烘烤下严重龟裂，看起来十分荒凉；到处都可以看见沙漠商队经过的痕迹还有人类和牲畜的骸骨，被风侵蚀得七零八落，掩在尘土。

　　走了半个小时后，迪克和乔进入一片橡胶树林里，他们警惕地看着周围，手指扣着猎枪的扳机。两人都不知道会遇到什么危险。虽然不是枪手，乔拿起枪来倒也有模有样。

"下来走走也很好，迪克先生，不过这鬼地方可太崎岖了！"他正说着就碰到了几块石英石。

肯尼迪向他的同伴打手势示意他站住别出声。要知道，打猎不带狗就意味需要费许多力气，即使乔再敏捷，他也无法比得上短毛垂耳猎犬或猎兔犬那样灵敏的鼻子。

十来只羚羊正在一条将枯竭的河床里饮水。这些鲜嫩的动物，仿佛感到了危险的临近而很不安；它们每喝完一口水，就会立即抬起美丽的脑袋，利用风向用鼻子探寻着敌人的气息。

乔正站着不动的时候，肯尼迪已经绕过了几处树丛走到射程之内开了火。刹那羚羊群消失得无影无踪；惟有一只肩部中弹的公羊倒在了地上。肯尼迪立即向猎物飞奔过去。

这是一只美丽的非洲羚羊，毛色浅蓝，肚皮和腿的内侧雪白。

"这一枪打得真准！"猎人喊道，"这是一种罕见的羚羊，我要把它的皮剥下好好留着。"

"啊！您真要这么做吗，迪克先生？"

"对啊！看啊，多华丽的毛啊。"

"但是，弗格森博士绝不会同意带这个不必须的负担。"

"说得对，乔！不过，要将如此漂亮的动物整个扔掉真让人于心不忍！"

"整个扔掉？不，迪克先生，我们要从它身上拿走可以吃的部分，如果您允许我来干这活儿，我保证我切肉的本事跟鼎鼎大名的伦敦屠夫行会会长一样好。"

"好吧，朋友。不过，你得清楚，优秀的猎人剥张猎物的皮不会比射死它更难。"

"我当然相信，迪克先生。能否劳您捡三块石头搭个炉灶，再多捡些枯枝，不一会儿，我就得用您烧红的木炭。"

"不会有那么长时间。"肯尼迪反驳道。

他立即开始搭灶烧火，很快灶里就燃起了熊熊烈火。

乔从羚羊身上割下的一打排骨和几块最嫩的里脊肉很快就变成了美味的烤肉。"塞缪尔瞧了这些东西一定会很开心的。"猎人说。

"迪克先生，知道我在琢磨什么吗?"

"当然是想你的活儿，也许想你的烤羚羊排呢。"

"完全不是。我在想，如果我们回去发现气球没有了该怎么办?"

"喂! 想什么呢! 你想让博士扔下我们吗?"

"当然不是; 但是，如果气球恰巧脱锚了呢?"

"不可能。何况可以再让气球降下来，这对于塞缪尔来说易如反掌，他操纵起气球来很有一手。"

"但是，如果风将气球吹到没办法回到我们这儿的地方了呢?"

"嗨，乔，别再胡思乱想; 你这些没头没脑的假设真让人扫兴。"

"啊! 先生，世界上什么事都可能发生的。既然一切都有可能发生，所以，还是应该多考虑……"

正说着，空中传来一声枪响。

"哎呀!"乔叫喊。

"我的短枪! 我分辨得出它的声音。"

"那是信号!"

"我们有危险!"

"更可能是他。"乔儿猜测道。

"赶紧走!"

他们匆匆收拾起烤好的猎物，按照肯尼迪来时做的记号往回赶。茂密的矮树丛挡住了看见并不远的维多利亚号。

这时，又响起了第二声枪响。

"有危险情况。"乔说。

"听! 还是同样的枪声。"

"听起来，他像是自卫。"

"加速。"

他们拼命回跑树林边，维多利亚号停在原地，博士还安全地在吊篮里。

"到底发生什么事情?"肯尼迪问道。

"我的上帝!"乔叫了起来。

"你看见了什么?"

"那边有一群黑人在进攻气球呢。"

果然,在两里左右的地方,三十几个人冲到了无花果树下张牙舞爪,暴跳如雷。有几个人已经爬往树顶。看来气球危在旦夕。

"我的主人要危险了!"乔喊道。

"走,乔,冷静点,瞄准了!我们得解决这四个黑人。上!"

当第三声枪声从吊篮里响起的时候,他们已经以惊人的速度跑了一里路,并且还打中了一个爬上绳索的家伙。他的躯体穿过树枝掉在离地二十多尺的树上,四肢在空中摇晃着。

"嗯!"乔说着停住脚步,"这个家伙挂在那儿怎么不动啊?"

"管那么多干吗,"肯尼迪答道,"快跑快跑!"

"啊!肯尼迪先生,"乔大笑了起来,"用尾巴!就是用尾巴挂住的!那是一只猴子!原来是群猴子。"

"是人反而好些。"肯尼迪反驳道,说着就朝着吱吱乱叫的猴群冲去。

这是一群足以让人不寒而栗的狒狒,它们野蛮而强壮,他们那狗一样的嘴巴看起来很吓人。然而,几声枪响就吓住了他们,这群怪异的敌人吓得四处逃窜,留下了几具它们同类的尸体躺在地上。

肯尼迅速迪攀上梯子,乔爬到无花果树上,摘掉铁锚,然后毫不费力地爬回了吊篮。几分钟后,维多利亚号已经在和风的吹动下向东飞去。

"真是一场突然袭击!"乔感叹。

"我们还觉得你遭到土著居民的袭击了呢。"

"幸亏只是一群猴子!"博士答道。

"从远处看可不是,亲爱的塞缪尔。"

"近处看区别也不大。"乔补充道。

"无论如何,"弗格森继续说道,"这些猴子的攻击也非同小可,也许会造成严重的后果。如果在猴子们来回晃动下铁锚松动,谁知道风会把我吹向哪儿去!"

"还记我当时的话吗,肯尼迪先生?"

"你说得对,乔。但是,话虽如此,可是你那烤羚羊排看得我直流口水。"

"这倒不假,"博士答道,"羚羊的肉确实非常美味。"

"您可以亲自看看它的肉是否美味,先生,用餐啦!"

"肯定!"猎人说道,"这些肉散发着一种令人难以抗拒的野生的香味。"

"好!我今后就吃羚羊过日子吧。"乔嘴里塞得满满的回答,"最好再喝一杯烈酒来帮助消化。"

乔准备了那种酒,大家品尝过后赞不绝口。

"到目前为止,一切都还进展顺利。"他说道。

"应当是非常好。"肯尼迪反驳道。

"喂!迪克先生还后悔跟我们一起旅行吗?"

"没有人阻止得了我!"猎人坚定地回答道。

凌晨四点时,维多利亚号遇到了较强的气流。海拔不知不觉间升高了,一会儿,气压计上的水银柱显示气球已经飞到海拔 1 500 尺的高空。于是,博士又只好将气体膨胀以保持气球的高度不变,喷嘴里的火持续地燃烧着。

大约早上七点钟的时候,维多利亚号处于卡尼姆河谷上空,博士马上认出这片方圆十里的开垦地,在猴面包树和加拉巴士木丛中隐藏着的一个个村庄是乌果果国一个苏丹的王宫地域,这里的文明可能不是特别原始,很少有人交易自己的家庭成员。但是仍然是人畜同居,他们居住的没屋架的看起来简直像个干草垛。

飞离卡尼姆,地势变得起伏,石头遍野。但是,一个小时后,在姆达布鲁附近的一片肥沃的洼地里又恢复了以往的生机。夜晚风也停了,大气就像睡着了一样。博士不停地在不同高度探测着气流,大自然如此的宁静让他决定在空中过夜,为了保证安全,博士把气球又升高了 1 000 尺。维多利亚号纹丝不动地停在满天星斗的夜空中。

博士值班的时候,迪克和乔静静地坠入了梦乡。午夜十二点时,同伴替换了他。

"哪怕有一点变动,都要叫醒我,"博士对同伴说,"尤其是要时刻注意气压计,这可是我们的指南针!"

夜晚比白天的气温低了 27 度①。夜幕中，动物们的夜间音乐会也开始了，饥渴把他们从洞穴里赶了出来，青蛙的高音，豺狼的尖叫声，狮子的低吼组成了这个富有活力的乐队的演奏。

清晨，在开始工作后，博士马上察看指南针并且发现风在夜间改变了方向。大约两个小时的光景里，维多利亚号向东北方向偏移了 30 多英里飞到了马本古鲁的上空，在这个多石的国家到处是光滑的正长岩，高高隆起的岩石表面凹凸不平；其圆锥形的山体犹如一座座德洛伊教祭司用的石棚；泛着白光的水牛和大象的白骨遍布；但值物很少，只有东边才有茂密的树林，林中隐隐约约可以看到几个村落。

快到早上七点时，一个近两英里宽的圆形岩石出现在视线中。

"我们没有偏离正轨，"弗格森博士说道，"这就是吉乌—拉—姆科阿，我们在这里停留一下。我要给喷嘴重新补给些水，观察一下我们钩住哪儿？"

"树太稀少了。"猎人回答道。

"乔，我们先试着把铁锚投下去。"

气球升力逐渐下降，靠近了地面，铁锚都抛了出去，其中一个卡到岩石的裂缝里让维多利亚停下不动了。

不要觉得博士在休息的时候完全熄灭喷嘴。气球的平衡是按照海拔高度来计算的。然而，山区的海拔都有六七百尺，气球在这地区有可能会越飞越低直到比地面还要低，所以，必须通过膨胀气体来保持它的平衡。只有在完全无风时博士才会将吊篮停在地面上，而气球因为减掉了大部分重量也可以不依靠气体，独立停在空中。

地图上，在吉乌—拉—姆科阿西面有大片水潭。乔一个人拿着大水桶毫不费力地找到了水潭，打完水，就回到原地，一来一回用了不到三刻钟。除了路上有几个巨大的大象陷阱外，没发现什么不平常的事，他自己也差点掉进其中的一个里面还横着一副被蛀噬了一大半的大象骨架的陷阱。

他还带回了一种猴子们很喜欢吃的欧楂。博士说这是"姆邦布"果，这种树果在马—拉—姆科阿西部地区很普遍。弗格森在乔离开的时候非常

① 相当 14 摄氏度。——原注

不安，因为在这片不友好的土地上停留几分钟都会让他忐忑不安。

水轻松送了上去，因为，吊篮接近了地面，乔收回铁锚后灵巧地爬进吊篮回到他的主人身边。博士马上重新点燃喷嘴让维多利亚号又向空中飞去。

现在，飞船距离非洲大陆的重镇卡结赫估计还有100英里路的路途，在一股东南气流的帮助下，旅行家们有希望在天黑前到达那里。以每小时14里的速度前进着的气球已相当难操控，只有膨胀大量的气体，气球才会升得很高，因为这个地方的平均海拔已经上升至3 000尺。只要有办法，博士就不想使气球膨胀得过多，他十分灵巧地操纵着气球沿着陡峭的山坡时升时降。低低拂过腾博村和韦尔斯村上空。韦尔斯是云亚姆韦伊的一部分，这个美丽如画的地方中树木枝繁叶茂，就连仙人掌也长得硕大无比。

下午两点左右，似火的骄阳吞噬了所有的气流，维多利亚号已经处于距离海岸350英里的卡结赫城上空。

"我们是早上九点从桑给巴尔出发的，"弗格森博士看着笔记说道，"两天时间飞了大约500英里①。伯顿船长和斯皮克船花了四个半月的时间走同样一段路。"

第十五章

卡结赫——喧闹的镇子——维多利亚号的出现——旺冈加人——月亮之子——博士行医——居民——皇家"腾贝"——苏丹的妃子们——国王酗酒——受崇拜的乔——月亮上的跳舞——完全改变——苍穹上的两轮月亮——天意的不稳定性

卡结赫虽是中非重镇，但却丝毫不像城市。其实，非洲内陆根本就没

---

① 近200法里。——原注

有称得上城市的地方，卡结赫不过是六个凹地的总称。那上面搭了一些给奴隶住的草房，房后面有精心耕耘的小院子或小花园。各类蔬菜的长势都非常喜人。

云亚姆韦伊，尤其是月亮神的领土，是非洲富饶而美丽的后花园。它的中心云亚南贝地区是令人神往的地方，为数不多的阿曼人在这儿过着悠闲的生活，他们都是血统纯正的阿拉伯人。

他们很久之前就开始在非洲大陆和阿拉伯之间贩卖橡胶、象牙、印花棉布、奴隶；沙漠商队足迹遍布赤道地区以及非洲沿海为那些富商寻找各种珍宝，这些富人妻妾成群，奴仆如云，在这肥沃的地方过着最安逸、最闲适的生活，他们总是躺着说笑，要么抽烟或者睡大觉。

在这些凹地周围有好多土著人的房子、几处充当市场的空地、生长美人蕉和曼陀罗的土地、几棵美丽的大树和凉快的树荫，这就是卡结赫给人的最初印象。

这也是沙漠商队集中的地方；南方的商队贩卖奴隶和象牙；西方的商队向大湖地区的部落销售玻璃珠子。

所以，市场上总是嘈杂无比，里面混杂着各类挑夫的叫喊声、鼓声和号角声、骡子和驴发出的叫声、女人们的歌声、孩子的叫嚷声，包括商队队长的鞭子声，各种声音此起彼伏地交织在一起谱成一首乡村交响乐。

这里杂乱无序地摆着漂亮的布料、玻璃珠子、象牙、犀牛牙、鲨鱼牙、蜂蜜、烟草、棉花；在这个奇怪的市场上物品的价值全决定于它能在多大程度上激起买主的购买欲。

突然，吵闹的声音全消失了。原来维多利亚号出现在空中威严地飞行着，它缓缓地垂直下降。所有人，无论男女老少，全部都躲进了"腾贝"和草房里。

"亲爱的塞缪尔，"肯尼迪说道，"如果我们继续这样下去，就无法跟这些人做交易了。"

"不过，"乔说道，"还有一种简单的买卖就是只要悄悄地降落，然后不理那些人拿走所有值钱的东西，那我们就富有啦。"

"不行！"博士反驳道，"这些土著居民刚开始是害怕。但是，出于迷信和好奇，他们很快就会回来的。"

"你想会是这样吗，主人？"

"等着瞧好吧！不过最好注意点，不要距离他们太近，维多利亚号可不是装甲气球既即挡不住子弹也经受不住箭射。"

"那么，亲爱的塞缪尔，你计划跟这些非洲人协商吗？"

"如果可能的话当然会。"博士回答道，"也许住在卡结赫受过教育的商人不那么野蛮。我记得，伯顿先生和斯皮克先生过去夸奖这儿的居民说他们热情好客。所以，我们可以冒险一试。"

维多利亚号渐渐接近地面后，一支铁锚固定在市场附近的一棵树的树梢上。

此刻，所有的居民都在草房中，谨慎地探头探脑。几个"旺冈加"从圆锥形贝壳状房子认出他们来，他们壮着胆子走向气球，这是当地的巫师。他们的腰带上别着看起来不干净的一些涂着油脂的黑色小葫芦以及一些法器。

人们渐渐聚集在巫师身旁开始敲鼓，然后他们拍拍手，然后把手伸向天空。

"这是他们祈祷的仪式，"弗格森博士说道，"如果我没搞错的话，我们恐怕要演一出好戏了。"

"好极了！先生，您就演戏吧。"

"而正直的乔，你或许要演一回上帝了。"

"唉！先生，我不害怕这个，有人供奉会使我更高兴。"

此刻，其中一个巫师做了个手势，全场鸦雀无声。他对着旅行家们讲了几句话，但没人知道他们用的什么语言。

弗格森博士听不懂只好随便说了几个阿拉伯词，这几个词立即招来了巫师阿拉伯语的回答。

这位能言的巫师向旅行家说了一大堆恭维话；博士立刻就明白维多利亚号完全被他们当做了月亮神，这个受爱戴的女神带着她的三个儿子亲临在这个日神偏爱的地方，这将是永无铭记的荣耀。

博士非常神圣地回答说月亮神每千年会巡游一次，来亲近她的子民。他让他们不要恐惧，趁女神降临之际，对她讲讲自己的需要和愿望。

巫师回祈求，苏丹，也就是"姆瓦尼"，已经卧病多年，希望上苍保佑，并邀请月亮神的儿子们去探望苏丹。

博士把他们的邀请告诉同伴。

"你想去看这位黑人国王了？"猎人问。

"可能。我看他们并没有恶意而且天气宁静，没有一丝风！我们也丝毫不必担心气球。"

"但是，你又能做什么呢？"

"放心吧，亲爱的迪克，一点医术可以让我脱身。"

随后，他对众人宣布："月亮神因为怜悯你们的国王，派我们来为他治病。让他准备迎接我们的到来吧！"

全场响起了响彻云霄的歌声和欢呼声，黑压压的人群沸腾起来。

"现在，我的同伙们，"弗格森博士说道，"什么都得准备好，时机一到，我们就迅速离开。因此，迪克留在吊篮里照看喷嘴，要让气球保持充足的升力。铁锚固定得没什么可担心的。现在乔陪我下去，你只要呆在吊篮底下就行。"

"难道，你要一个人去黑人国王那儿吗？"肯尼迪问道。

"怎么！塞缪尔先生，"乔叫着，"您不要我一直守候在您身边吗？"

"不，我一个人去就行了；这些单纯的人认为伟大的月亮神来看他们，有迷信保护我你们什么也别怕，各自做好自己的工作。"

"既然你吩咐也只好这么办了。"猎人说道。

"注意氢气的膨胀。"

"明白。"

土著居民用更大的喊声竭力祈求上苍的眷顾。

"瞧啊！"乔说，"我觉得他们对伟大的月亮神和她神圣的儿子未免有点太蛮不讲理了。"

博士带着旅行药箱紧随在乔的后面下到地面。乔努力严肃而庄重地按照阿拉伯的方式盘腿坐在飞船下面，一群土著毕恭毕敬地围住了他。

这时，弗格森博士在音乐和宗教舞蹈的包围下，缓缓向距离城市还有一段的皇家"腾贝"走去。此时，下午三点的太阳正强烈地炙烤着大地，在这种情况下，它也没少凑兴。

博士庄严地前行着，"旺冈加"们围着他为他阻挡着人群。很快，苏丹的一位私生子就来欢迎他，这是一个身材很匀称的年轻小伙子，按照这儿的风俗，除结婚生子之外，他是苏丹惟一的继承人；他对月亮神的儿子行礼；博士马上动作优雅地把他扶起来。

三刻钟后，经过阴凉的小路和茂密的热带植物，这支浩大的仪仗队抵达苏丹的宫殿，这是一种叫做伊迪特尼亚方形建筑物，它建在一面山坡上。里面是游廊，上面覆盖着茅草屋顶，下面由一些未经雕刻的木柱支撑着。墙上装饰着一些长长的红黏士线条，看起来是要重现人类和蛇，蛇形图案比人形图案更为逼真。这个建筑物的房顶与四周的墙壁是分开的，空气因此可以在屋子里自由流通。此外，墙上只有一扇小门。

守卫、妃子、贵族、云亚姆韦伊人全部毕恭毕敬地迎接博士进去。云亚姆韦伊人是中非原住居民，力大而强壮，体格健壮。他们头上编着的小辫垂在肩上；他们的脸颊上在鬓角和嘴唇之间划出一道道条纹，切口都染上了蓝色或黑色。松弛的耳朵吊着木耳环和树胶片，他们身着画有图案的布衣服。士兵们手持标枪、弓、箭（带刺并涂有毒汁）、大刀、"斯姆"、锯齿长军刀和小战斧等武器。

博士走进宫殿。人们不管苏丹有病仍然吵得很厉害。博士看见到一些野兔尾巴、斑马鬃毛作为护身符挂在门梁上。陛下的王妃们接待了他，"乌普图"①、"吉兰朵"② 为他们伴奏。

这些漂亮的女人笑眯眯地抽着黑色烟斗；厚厚的长裙突显出她们的体形，腰上悬挂葫芦纤维做成的"吉尔特"。

其中六个站在一边有说有笑，并不在乎她们正等待接受残忍的酷刑。苏丹死的话她们也要被一同殉葬。

弗格森博士扫视在场所有人，径直走到国王的木床前。床上躺着一个四十多岁的男人，纵欲过度把他完全变成一具奄奄一息的僵尸。这种拖延多年的病，无非是常年醉酒的结果。这个醉鬼国王几乎失去了知觉，就算用尽世上所有的氨水也无法令他好起来。

在此次神圣的治疗期间，妃子们都跪在地上弯着腰等候着结果。博士

---

① 这是一种陶罐底做的钹。
② 这是 5 尺高的鼓，由掏空的树干制成。

滴了几滴强效的活血药水使这具死尸有了片刻的生气。苏丹动了动，对于这么一个形同死尸的人来说，这个动静无疑促使人们用更响亮的叫喊声向大夫表达崇拜。

弗格林博士无法忍受这些过于外露的崇拜者，迅速走出了宫殿，朝维多利亚号走去。此时此刻，已是晚上7点了。

他离开的时候，乔静静地在梯子底下等着任由周围的土著人向乔表达他们最高的敬意。既然装作月亮神的儿子，他也就坐在那里接受他们朝拜。表演一个神，他表现得相当正直，和气，与年轻的非洲女孩甚至很友好，竟然不好意思让她们那样崇拜地紧紧盯着自己看。他和气地与她们交谈。

"拜吧，姑娘们，继续，"他对她们说道，"虽然是女神的儿子，可我脾气很好呢！"

人们给他献来那些通常都是供在"姆兹木"或神屋里的礼物，由大麦穗和"碰杯"组成。乔觉得有必要尝尝这种烈酒，虽然他能忍耐威士忌，但是仍然经不住这么高度数的啤酒。他做了个鬼脸，周围的人竟认为是亲切的微笑。

后来，年轻的姑娘们哼起单调舒缓的旋律在他身边跳起了一种节奏缓慢的舞蹈。

"啊！你们在跳舞。"他说道，"看看！我可要让你们领教一下我们国家的舞蹈。"

于是，他开始展示一种令人头晕目眩的快步舞，扭腰、伸臂、斜身、抬脚、下跪、手舞、打旋，各种难以想象的姿势，出人意料的舞步，都让当地居民认为：月亮上的诸神就是这样跳舞的。

然而，这些像猴子一样善于模仿的非洲人，很快就照着他的舞步跳了起来；甚至没有漏掉任何一个姿势或任何一个神态；于是，大家乱作一团的狂热场面实在无法形容。正玩得起劲时，乔看到了博士回来了。

博士气喘吁吁地跟在身后，周围混乱的人群吵吵闹闹。巫师和首领们似乎满腔怒气地围着博士，推搡他，威胁他。他们怎么这样了！究竟发生了什么不测？难道苏丹恰恰死在上天派来的医生手里？

肯尼迪看出了危险，但不知为何。气球因为膨胀的气体紧紧地扯着绳索，似乎急不可待地想升入天空。

博士来到梯子前。迷信的恐惧心里仍然控制着他们不敢对博士做出过激的冒犯；他赶紧穿过人群，乔灵敏地随他上了来。

"一刻也不能再等，"主人对他说，"用不着摘锚了！我们直接把绳子切断！快走！"

"但是，到底怎么了？"乔边爬进吊篮里边问道。

"出什么事了？"肯尼迪紧握短枪，说道。

"你们瞧瞧。"博士指着地平线说道。

"啊？"猎人问道。

"天啊！月亮！"

月亮，升了起来，又红又亮，像一个火球一样。这才是真的！它和维多利亚号完全是两回事！

或许有两个月亮，但更可能这些外来人就是大骗子！

这些人们最自然的想法让他们的态度突然变了。

乔不禁哈哈大笑起来。卡结赫的居民意识到他们的猎物跑掉了，忍不住发出阵阵的吼声；弓、火枪都瞄准了气球。

但是，一位巫师做了个手势命令众人放下了武器；他爬到树上去抓铁锚的绳索，试图把这玩意拉回地上。

乔拿着一把斧子。

"砍吗？"他问道。

"等等。"博士吩咐道。

"但是，这个巫师……"

"我们也许可以保住珍贵的铁锚，现在还没到万不得以的时候。"

巫师在树上弄断树枝的时候，凑巧把铁锚解开了。铁锚被气球紧紧拖起，卡住了巫师的双腿，他就这样骑着这个怪兽离开大树，向空中升上。

人们生生地看着他们的一个巫师飞上了天空，全都被这场面惊呆了。

"太棒了！"乔呐喊。此时，维多利亚号在急速地往上升。

"它固定得很紧，"肯尼迪说道，"一次小小的飞翔不会伤害他的。"

"我们要不要把这个黑人放下？"乔问道。

"不必！"博士反驳道，"我们待会儿偷偷地把他放回地面，我相信，这次冒险会让他在同辈心目中威望会更高。"

"他们极其可能会将他奉为仙人！"乔喊道。

维多利亚号飞在大约 1 000 尺的高度，这位巫师一声不吭地用尽全力死死抓着绳索。他双目圆瞪，恐惧眼神中带着惊奇。一阵西风把气球吹出了这个城市。

半个小时后气球来到荒无人烟的地方，博士将喷嘴的火焰调小，使气球降到地面。在离地 20 尺的地方，黑人纵身向前一跳，双脚刚落地就匆匆爬起向卡结赫逃去，而维多利亚号又重新上升。

第十六章

暴风雨前兆——月亮之国——非洲大陆的未来——最后的机器——夕阳下的国家——植物志和动物志——暴风雨——火焰——星空

"这就是自作主张冒充她的儿子的下场！"乔喊道，"这颗月亮差一点害死我们！主人，您的医术有没有玷污了月亮的名誉呢？"

"无论如何，"猎人问道，"那位卡结赫的苏丹到底怎么样了？"

"一个无药可救的老酒鬼，"博士回答道，"他的死根本活该。但是，它教训我们，荣华富贵只是过眼云烟，人们不应过分贪图享受这些东西。"

"真不幸，"乔反驳道，"这个倒满合我的心意！被崇拜！随心所欲地扮演神仙的角色！但是，我又有什么办法呢？月亮红彤彤的升起，显然是生气了！"

说话间，乔换了个位置来仔细观察夜空，北边的天空布满了昏暗而沉闷的乌云。在离地 300 尺的地方一阵较强的风推着维多利亚号向北偏东北方向飞去。维多利亚号头顶蔚蓝的天空，可是人们却意识到了空中的沉闷。

　　大约晚上八点的时候，旅行家们抵达东经 32°40′，南纬 40°17′；由于暴风雨即将到来，气流以每小时 35 英里的速度吹动他们飞行。姆富托地区那虽不平坦但很富庶的平原在他们脚下一闪而过，这种感觉既奇妙又令人兴奋。

　　"我们真的来到了一个异域，"弗格森博士严肃地说道，"我想它的名字一直沿用着祖先留给它的，也许是因为月亮在这里一直都受到敬仰。这儿真是个非常奇妙的地方，那些漂亮的植物在其它地方很少见。"

　　"如果伦敦周围有这些植物就奇怪了，"乔说道，"不过很美好！为什么美好的物种总是生长在这些另类的地方呢？"

　　"谁也不敢肯定，"博士反驳道，"不久的将来这个地方将是什么样？会不会变成文明中心呢？或许未来欧洲资源枯竭了，未来的人类也许就会移居到这里来。"

　　"你认为有这个可能吗？"肯尼迪问。

　　"或许吧，亲爱的迪克。看看历史发展的进程，人类在不断变化，你也会同意的结论。亚洲是人类的第一个母亲，对吗？在大约四千年间，她活力四射。然而，当荷马时代当那一堆堆香甜的麦穗变成碎石废渣后，孩子们就离开了她。接着富饶舒适的欧洲在两千年来养育着他们。可是，她因为失去了丰富的资源导致出产能力逐日递减。这些土地歉收，资源缺乏的问题都是生命力减弱甚至枯竭的前兆。于是，人们又开拓资源丰富的美洲，好像那里就是天堂，虽然，她现在还没有枯竭，但是这块新大陆总有一天也会老去。出于人类过分的要求，森林将在工业化的板斧下纷纷倒下，肥沃土壤将会因为建筑和开采过度而变得越来越贫瘠。过分开垦的土地本来可以一年两季的收成变得颗粒无收。于是，美州将把她沉淀了上百年的的财富奉献给人类。经过耕种和清理，曾经对人类致命的气候将变得适合人类居住；这些分散的河流将汇集在一起，变成一条大运河。我们经过的这个地方资源更丰富、更有活力，将来可能会崛起一个强大的王国，在这里将会有比蒸汽和电更伟大的创造。"

　　"这倒很好，"乔说道，"我渴望它成真。"

　　"你出生得太早了，小伙子，希望你的后代看到吧！"

　　"此外，"肯尼迪补充，"也不能排除它将是一个非常可怕的时代，一个一切以利益为中心的时代！人们被自己造的机器吞没！我一直认为，一个气压为 30 亿的锅炉会让地球爆炸，人类的末日也就随之到来！"

"但我觉得，"乔说道，"美国人很可能是首先受害的人类。"

"也许吧，"博士答道，"他们制造的锅炉最大！但是，既然我们有幸看到如此奇异的地方就应该好好欣赏，结束无聊的讨论了。"

太阳躲到了堆积的乌云背后留下点点余晖；古树参天，草丛鲜绿，苔鲜油亮，一切的一切都为这耀眼的美景增色；连绵不绝的小山时隐时现；放眼望去没有高山，也没有丛生的荆棘。茂密的树林和厚实的灌木丛之间有片片空地，空地上建立着许多村庄，结实的灌木丛将这些村庄围了起来，形成一道天然的防御墙。

坦噶尼喀湖最主要的支流叫马拉加拉西河①，它在葱茏的密林中蜿蜒流入洪水冲出的河道和表层干涸的池塘，从空中往下看去，水流织成一张网，一起向西流去。

健硕的野生动物消失在茂密的草丛中，树种丰富的森林出现在人们眼前。但是，野兽都藏在这些森林里来躲避着白天的酷热。有时候，大象引起树林不断攒动，树枝劈啪的断裂掉不惜牺牲自己为它那两根大象牙开道。

"真是个打猎的天堂啊！"肯尼迪激动地感叹道，"在这些茂密的森林里闭着眼睛也能猎到一个很好的猎物！试试？"

"绝对不可以，迪克，现在是夜晚，危险随时都可能发生。而且，要是遇到暴风雨的话，地上就像有一个巨大的电池组在导电。"

"先生还是您考虑周到，"乔说道，"闷得使人几乎无法呼吸，一点风都没有好像就预示着有什么事情要发生。"

"大气是电导体，"博士回答道，"所有生物都可以发现此时的空气中既将发生一场恶战，但是，我必须承认自己没想到过这些东西。"

"那么我们还需要下降吗？"猎人问道。

"不能，迪克，我们反而应该上升。我更担心即将来到的不测会将气球离地脱离方向。"

---

　① 位于今坦桑尼亚境内。

"所以，您想改变飞行路线？"

"对，"弗格森回答道，"我计划一直向北飞行七八度一直飞向想象中的尼罗河源头，可能我们能发现斯皮克船长率领的探险队或霍伊格林带领的沙漠商队的遗迹。我计算了一下，我们现在位于东经32°40′，我要径直向前再越过赤道线。"

"快瞧啊！"肯尼迪打断了同伴，"看那些鲜红鲜红的河马还有鳄鱼吸气时发出震耳欲聋的声响！"

"酷热也包围着它们！"乔说，"真的是值得惊叹！我们的旅行方式竟然能够俯瞰这些凶残的野兽！塞缪尔先生，肯尼迪先生，看看这群动物很有秩序呢，大概有两百只呢，这些是狼吧？"

"不是，乔，那是野狗，一个非常稀少的种群，它们连狮子都不怕，旅行家遇到它们几乎就没戏了，他们能把人类在几秒撕成碎片。"

"嗯！乔可不会去给它们戴口罩，"肯尼迪说，"不过，它们本性如此，我们只有躲开它们。"

因为暴风雨即将来临，一切变得异常安静，空气如同凝固了一样不能够流动，天空像塞满了絮状物似的淹没了所有的声响。仙鹤、松鹤、嘲鸫和鹟鸟都躲进了大森林里，整个自然界都征兆着灾难即将来临。

大概到晚上九点，维多利亚号漂在姆谢内上空无法前行，把这里的村庄淹没在它的阴影里，只能勉强辨认出来。偶尔，微光照在水面上反射出一丝光线，隐约可以看见笨重的棕树，罗望子树，无花果树及大戟无精打采的、灰暗的影子。

"真闷热！"苏格兰人拼命地呼吸，"我们已经不能前进了！那么下降吗？"

"如果遇到暴风雨怎么办？"博士十分不安。

"可是没有其它选择啊。"

"也许今晚会很平静，"乔继续说道，"乌云很高啊。"

"正如此我才犹豫是否超越它们，超越它们就必须上升到很高看不到地面的地方，从而整个晚上我们无从判断飞行的方向。"

"果断点，塞缪尔，现在紧急。"

"风停了，真讨厌，"乔继续说道，"本想等着它带我们远离乌云的。"

"这真是雪上加霜，我的朋友们，乌云威胁我们，它们相互冲击使我们陷入无法自救的漩涡中，闪电能够轻易使我们着火。但是我们又无法降落，即使我们将铁锚抛到树梢上，猛烈的风力将会把我们狠狠摔到地上。"

"那么应该如何是好呢？"

"可以将维多利亚号停留在半空中。我们有充足的水和后备粮还没有动，不到紧急关头我真不希望动用它。"

"我们也会在这密切关注。"肯尼迪说道。

"不，你们必须休息，现在去睡吧，必要的时候我会叫醒你们的。"

"但是，博士，趁着还没什么危险，您也应该好好休息一下。"

"不，谢谢，小伙子，我们需要有个人守在这。我们现在没有前进，如果不出意外，明天应该还会停留这个地方。"

"你自己要注意，先生。"

"晚安，希望这晚真的平安无事。"

肯尼迪和乔进去睡了，留下博士一个人呆在外面看守。

一会儿后，浓密的乌云缓缓下压，天色也变得灰暗，黑暗吞噬整个大地，像是要把它压扁。

突然，一道刺眼的闪电刹那划破了黑暗的天空，随之一阵恐怖的雷声响彻云宵。

"注意！"弗格森叫喊道。

肯尼迪和乔被这雷鸣的声音惊醒爬起来准备作战。

"我们要下降吗？"肯尼迪问。

"不！气球经不起那么强烈的气压。在乌云还没有散开、风未起之前，我们必须上升！"

然后，他将螺旋管喷嘴的火添加得更旺。

热带的暴风雨来得迅猛。紧连着又是二十多道闪电把天空分成了一道道条纹，并且碰上水滴时又发出劈啪声。

"我们已经晚了，"博士说道，"充满易燃气体的气球将会钻进这一片火海！"

"要不就下降，着陆！"肯尼迪连续叫着。

"着陆比被电击的危险更大，气球会掉到大树上被树枝刺穿。"

"马上上升，塞缪尔先生！"

"我们必须全速上升！"

在非洲，暴风雨中闪电的速率经常高达每分钟三十到三十五次。整个天空像起了火，雷鸣轰隆隆地响彻天际。

狂风令人毛骨悚然地拧着像火炉似的乌云，鼓风机完全不可能够制造出如此猛烈的风力。

弗格森博士竭尽全力使喷嘴烧得更旺，气球膨胀上升。肯尼迪用尽全部的力气，抓住帐篷的帘子。旋转着的气球，不停地振动令人头晕眼花，旅行家们焦虑万分。气球的表面似乎有些凹陷，风猛烈地撞击气球表面的塔夫绸，发出巨响。大颗大颗的冰雹从天空中落下，打在维多利亚号上发出劈劈啪啪的响声。然而，气球继续上升，闪电火光冲天。

"上帝保佑，"弗格森博士祈祷，"我们现在的命运完全在他手里，只有他是惟一能够救我们。我们必须做好各种灾难发生的准备，也许是火灾，我们不会那么快就失败。"

同伴们几乎听不到博士的话。但是，他们可以通过闪电的亮光看到他镇静的神色，他在自己的气球绳索目睹了圣埃尔莫实验的磷光现象。

气球还在不停地一边旋转着，一边上升，经过十五分钟的飞行它逃出了暴风雨聚集的乌云区，把一个巨大烟火圈甩在他的身后。

这也许就是大自然展示给人类的最奇特壮观的景象。暴风雨的上面，满天繁星、安静、沉默、难以捉摸，月亮穿过滚滚的乌云射出耀眼的光芒。

气压计显示高度 12 000 尺。此时正是夜间十一点。

"感谢上帝，危险终于结束了，"他说道，"这个高度很安全。"

"真是恶梦！"肯尼迪不禁感叹到。

"嗯，"乔反驳道，"我觉得这使旅行更为精彩，在这么高的地方看暴风雨是多么难得的机会，多么壮观的景象啊！"

第十七章

月亮山——草原海洋——抛锚——大象的愤怒——密集射击——大象之死——野外炉灶——特殊的晚餐——陆地之夜

星期一早上六点的时候，太阳升上地平线，乌云散尽，风和日丽，清晨的露珠也更加鲜亮了。

空气中散发着泥土的芳香，仰头深呼吸令旅行家们心情愉悦。气球在平缓的气流里如预期没有多大移动，博士缩小了气球开始下降，以便辨别方向北上。但是，寻找了很长一段时间都失败了；风将气球向西边带到了著名的月亮山。半圆形月亮山坚守着坦噶尼喀湖，它的支脉弯曲起伏，在青色的地平线上若隐若现，这道天然的防御墙使得那些来自中非的探险家费尽力气也难以逾越，并且还有几个圆锥体的山顶上覆盖着永久性的厚厚的积雪。

"前面非常荒芜，"博士说道，"伯顿船长虽然向西走了很远，但是没能登上这个著名而充满挑战的山脉，他甚至认为它不存在，而他的同伴斯皮克船长却坚信存在这样一个山脉。伯顿认为，这个山脉彻底是斯皮克船长的幻想，但我们亲眼所见毫无疑问了。"

"我们要跨过这座山脉吗？"肯尼迪问道。

"我想换一个风向将我们带回赤道，为此我甚至会等到这样的风出现，只有出现紧急危险的情况时，我才会这样做。"

不过，博士的期盼很快就实现了。调整高度之后，维多利亚号匀速向东北方向飞去。

"现在的方向应该朝着赤道，"把指南针准备好后，他说道，"高约200尺，一切正常，我们能够寻找出新的地方。斯皮克船长在去往乌克列维湖的过程中，方向一直从卡结赫一直向东。"

"我们要前进很长时间吗？"肯尼迪满脸疑惑。

"也许吧，我们的目的地是 600 英里以外的尼罗河的源头，那里是那个来自北方的探险家们走过的最远的地方。"

"我们要不要停下去活动活动？"乔问。

"不错的建议。何况，我们还需要准备一些备用食品，计划一下之后的行程，迪克，你去给我们猎些鲜肉来吧。"

"我当然乐意，塞缪尔。"

"我们还需要更多的淡水来做好飞向干燥的地方去的准备，所以，不能太放松。"

中午，维多利亚号位于东经 29°15′，南纬 3°15′。飞过乌约辅村，来到云亚姆韦伊的北间边界，乌克列维湖把它分成了两半。

赤道附近的部落比较文明些，他们由一些独裁的君主专制统治着，这些部落集中分布在卡拉格瓦省。

三位旅行家都想尽快找到一个合适的空地着陆。大家都疲惫不堪，必须歇一歇，气球也需要一次全面检查，喷嘴的火焰渐渐变小，铁锚很快就掉到广阔而荒芜的草原上面。从上方往下看，草原的一些地方显得很平坦，其实，这些地方凹凸不平，相差很多。

维多利亚号像一只巨大的蝴蝶轻轻掠过草原好像舍不得伤着任何一株草。眼前没有一个障碍挡住视线，这里就像一片波澜不惊的绿色海洋。

"我们似乎应当另想办法着陆，"肯尼迪说道，"我认为这些树我们一棵也不能接近；看来这里没有我的猎物了。"

"等等，迪克，你怎么能在草都比你高的草丛中打猎，我们马上就会找到一个合适的地方来让大展身手的。"

奇妙的旅行像在海洋上航行一样，这片迷人的海洋绿得近乎透明，伴着微风荡起朵朵涟漪。吊篮像帆船一样乘风破浪。此外，一群快乐的小鸟在浓密的草丛里时隐时现，欢快的啼啭。铁锚像掉进了花的海洋，在它身后拖出一道幽径，就像小溪流水一般。

突然，气球猛然晃了一下，铁锚也许固定在了某个坚硬的岩缝里。

"我们终于可以着陆了。"乔说。

"太棒了，赶紧！扔梯子吧。"猎人说道。

话音还没落，一声尖叫响彻云霄，三位旅行家不禁惊叫。

"发生了什么?"

"听，好怪异的叫声!"

"看，我们又前进起来了!"

"难道是铁锚松开了?"

"不是! 它和绳子绑得很紧。"乔说。

"莫非是岩石在移动!"

草丛不停抖动，一会儿，一个长长的、弯曲的不知道是什么的东西从草丛里冒了出来。

"蛇!"乔惊叫到。

"里面有蛇!"肯尼迪叫喊着拿起了自己的短枪。

"别乱叫!"博士命令，"这是大象。"

"那是大象，塞缪尔!"

肯尼迪说着已经用枪瞄准大象。

"等一下，迪克，先不要开枪!"

"或许它可以给我们带路。"

"不要恐慌，乔，我们不会有事。"

大象疯狂地向前奔跑到了一片空地，出现了它的宠大的身躯。博士仔细观察这个庞大的身躯，认出这是只很罕见的公象，它洁白的牙齿非常珍贵，弧线非常优美，长达八尺，但铁锚的爪恰恰卡在两根长象牙之间。

大象想要用长鼻子甩掉那奇怪的黑色东西，

"快跑!"乔叫激动地嚷着，为这个特别的旅行而兴奋不已，"这又为旅行制造了一个新方式，骑着大象旅行!"

"但是，它会把我们带去哪儿?"肯尼迪问道，他的手枪不知道是放下还是继续瞄准大象。

"我觉得我们很快就会到达我们的目的，我亲爱的迪克! 放松!"

"wig more! wig rnore!"乔高兴地大叫起来，"冲! 冲!"

大象像发疯一样跑得更快了，长鼻子左右甩来甩去带着气球也剧烈地晃动起来。博士手里拿着斧子，准备着随时砍断绳索。

"但是，"他说道，"我们必须到危急关头才可以砍断绳索丢弃铁锚。"

　　大象拖拉吊篮大概跑了一个半小时却一点都不累。这些厚皮动物有着鲸一般惊人的体格和速度，一天接着一天地长途奔跑也完全不会感到累。

　　"好像，"乔异常地激动地说，"我们捕到了一头鲸，我们正在干的是捕鲸人的活儿。"

　　但是，位置的变换使博士必须设法改变他的牵引方式。

　　草丛以北大约3英里的地方生长着大片树林，因此，气球不得不与绳索分开。

　　肯尼迪于是被派去结束大象奔跑，他将短枪瞄准大象，但是由于位置不对未能打中大象的要害。第一发子弹完全没伤到它，仅仅像从一个铁皮板上擦过一样，听到枪响，大象反而跑得更快，几乎变成奋蹄狂奔的骏马。

　　"见鬼！"肯尼迪骂着。

　　"它的骨头怎么那么硬！"乔说。

　　"我们改用锥形的子弹打它的前腿。"迪克说道，小心地给短枪装上子弹，接着战斗。

　　大象发出一声恐怖的叫声后越跑越快。

　　"这家伙，"乔说着拿出一杆猎枪，"我们一起开枪，迪克先生，两个人打肯定更强。"

　　于是，两发子弹一起射入这头猛兽的两肋。

　　大象突然停下来翘起长鼻子，紧接着又快速向树林跑去，脑袋不停地摇晃着，伤口处冒着血。

　　"继续射击，迪克先生。"

　　"集中火力连续开枪，"博士补充道，"我们已然接近树林了！"

　　十多枪后又响了十多响，大象跳了起来，吊篮和气球的剧烈抖动让人觉得它们全都被撕碎了，振动把得博士手里的斧子也振掉了。

　　这时，形势非常危急，牢牢绑着铁锚的缆绳不能松开也无法被割断，气球即将进入树林，正在这时大象抬起头，刚好眼睛被击。它停了下来，嘶吼着，双膝跪地正好暴露出它的要害处。

　　"一枪穿心。"博士说着射出最后一枪。

　　大象低吼一声，表现临死前的绝望，突然它又站了起来，将鼻子卷起来，最后，整个躯体重重地摔到压在一根象牙上，象牙断了。它死了。

"真可惜，象牙断啦！"肯尼迪呼喊起来，"在英国，一百斤象牙值35畿尼①呢！"

"那么珍贵啊！"乔说完便抓住铁锚的绳子滑到了地上。

"不要叹惜，我亲爱的迪克！"弗格森博士回答道，"我们并非象牙贩子，我们来这儿的目的不是为了几根象牙。"

乔仔细检查发现铁锚仍旧牢牢地卡在完好的那根象牙上。当瘪了一半的气球在大象尸体上方摇来晃去的时候，塞缪尔和迪克顺势跳到地上。

"实在可惜了！"肯尼迪再次感叹，"多么强大的体格！我在印度从来没见过这么棒的大象！"

"这没什么值得可惜的，迪克，非洲中部的大象那才真正漂亮。安德森、卡明经常在开普②附近疯狂地捕猎大象逼得都向赤道迁徙，因此我们就可以在这里看见成群结伴的象队。"

"还没尝过大象的味道！"乔说道，"我想今晚可以给你们做一顿丰盛美餐。肯尼迪先生去打猎，塞缪尔负责看护和检查维多利亚号，而我呢，就来做饭。"

"一切就绪，"博士回答道，"大家各就各位，开始啦。"

猎人说道，"我要好好享受这两个小时的自由。"

"好，但是，要时刻保持警惕，千万别走得太远。"

"我记住了，放心吧。"

一会儿，迪克的背影就消失在了树林里。

随后，乔开始了短暂的忙碌。他先在地上挖了一个两尺深的洞，然后，把捡来的散落在地上的干树枝放入洞里，这些干树枝多亏树林里的大象奔跑时将它们撞断的，现在隐约还可以发现大象经过的痕迹。他在铺好的树枝上面堆起了两尺高的木柴，然后，点着了火。

趁大火熊熊地烧着，他又跑向大象的尸体，在离树林非常近的地方，他轻易地割下大象大大的长鼻子中最细嫩的一段和一只象掌；这些都是大

---

① 英国旧金币，相当21先令。
② 法语称谓，在英语中即开普敦。

象身上最常被吃的地方，就好像鱼翅、熊掌还有野猪头一样。

木柴堆完全烧尽把地洞烧到了很高的温度，但一点都没沾上烟灰和炭黑：他挑选了一些大大的叶子包裹着大象肉，放进那自制的烤炉里，叶子上覆盖着发烫的炉灰。然后，乔又在地洞上面点起了一堆大火把肉烧熟了。

一小段时间后，乔从炉灶里取出肉包放到绿色的叶子上面，顿时草坪上迷漫着扑鼻的肉香；他拿来饼干、烧酒、咖啡，还在临近的小溪里打来清爽的溪水。

乔心里美滋滋的，这样的晚餐不但好看也非常美味。

"真是一次美妙又刺激的旅行！"他不停地回味着，"美味丰盛的晚餐加上吊床！我们还有什么不乐意的呢？这位善良的肯尼迪当初竟然还不愿意来呢！"

弗格森博士认真检查了好几遍气球。气球看起来一点都没有损坏，塔夫绸和马来树胶很结实，目前升空的距离和气球升力使他很满意，尤其氢气也没外漏，整个外罩也密不透气。

旅行家们离开桑给巴尔后干肉饼一点都没吃，饼干和肉罐头还充足，只有水需要补充。

所有装置的状态都十分良好，因为橡胶的连接它们完全可以承受气球的摆动。

检查结束后，博士认真地做着笔记，并且还画了张草图，在草图上只有森林。气球停在大象庞大的身体上面纹丝不动。

两个小时后，肯尼迪手拿一串肥美的山鹑和一只羚羊腿凯旋了。乔又忙着处理这些额外的食物。

"过来吃饭！"没多久，他兴奋地叫他们。

三位旅行家坐在草坪上边享受着美食边赞美象掌和象鼻的美味，大家照旧为大英帝国干杯，哈瓦那雪茄的味道与肉香混合着，飘散在这个美丽的地方。

肯尼迪大口吃喝着，不停地说他醉了，竟然一本正经地向博士叫嚷着，要定居在森林里建茅屋，享受"非洲鲁滨孙"的日子。

乔自荐担任"星期五"的角色没有得到回音。

旷野如此安静，博士决定在陆地上过夜。乔点燃一圈火，以备野兽进攻，闻到大象肉味的许多野兽在附近徘徊，肯尼迪好几次不得不开枪吓走那些大胆的客人，除此之外并没有其他意外发生。

第十八章

卡拉格瓦——乌克列维湖——岛上之夜——赤道线——穿越湖泊——瀑布——奇特景色——尼罗河源头——本加岛——安德烈亚·德博诺的刻字——带有大英帝国徽章的国旗

第二天一大早，大家准备出发。乔很幸运地找到丢失的斧子砍断了大象的象牙。重返天空的维多利亚号以 18 英里的时速载着旅行家们向东北方飞去。

前晚饭后，博士利用星星的高度，仔细测量出来他们着陆的位置：南纬2°40′，距赤道 160 英里。他飞过了许多村庄，完全忽视因他的出现而引起的村庄中的沸腾。他对一些地区的形态做好记录和自己的看法。他们越过鲁别奥山坡来到卡拉格瓦山脉的第一条支脉，他认为，这个山脉发源于月亮山。但古代传说描写它是尼罗河的摇篮，这应该更接近事实，因为它们邻近乌克列维湖，人们猜测该湖是尼罗河的源头。

博士从卡富罗一个商人聚集地，向地平线望去，最终在那边看到了这个众人追寻的大湖，1858 年 8 月 3 日，斯皮克船长曾隐隐约约地看见过它。

塞缪尔·弗格森异常激动，他快要到达此次探险的目的地之一了，他匆忙带上眼镜，贪婪地看着这个梦寐以求的地方，不错过一个角落。

他看到贫瘠的土地上有几处沟壑里种着作物，周围是低矮的圆形小山，湖的周围，地势非常平坦，大麦田代替了稻田，田间满是车前草（本地一种酒的原料）和姆瓦尼（一种用来制作咖啡的野生植物）。很多座圆形茅屋聚集在一起组成了卡拉格瓦的首府。

看到他们时，当地人显得惊讶。他们都有着褐色的皮肤和非常漂亮的外表。还是很多有特色的肥胖女人拖着沉重的步子，缓缓地走在田埂上，博士告诉他的同伴们，这种丰满身材是经常喝炼乳的缘故，但在这里深受推崇，这可让同伴们大吃一惊。

中午十二点，维多利亚号位于南纬1°45′的地方，一个小时之后风把它们带到了湖面上空。

斯皮克船长把这个湖称作为"尼安萨①维多利亚"。经过测量，湖宽为90英里，在湖的南边有一些小岛，他把这叫孟加拉湾群岛。斯皮克船长还去过东岸的穆安扎，那里的人很友好热情地款待了他。他还对湖进行了三角测量，遗憾的是，他没有船穿越该湖，也无法到达乌克列维湖大岛。那个岛由三个苏丹统治，人口众多，干旱的时候会变成了一个半岛。

风把维多利亚号吹到了该湖的北部令博士很遗憾，他不能测到湖南部的长度。湖岸边布满了带刺的灌木和荆棘，无数只蚊子黑漆漆覆盖在灌木和荆棘上。这种环境肯定无人也无法居住，除了蚊子就只有几群河马，有的躺在芦苇丛中，有的泡在发白的湖水中。

从该湖西边的湖面之宽看来甚至容易使人误认为这里是大海；湖的两岸相隔甚远，根本没有任何关联；此外，这里经常发生大暴雨，盆地中也经常会有大风呼啸。

博士艰难地操纵着气球生怕被带向未知的东边，幸运的是风将它带向正北方向，到晚上六点，维多利亚号被吹到了一个位于南纬0°30′，东经32°52′，距岸边20英里荒芜的小岛上空。

旅行家们将铁锚卡在一棵树上，虽然傍晚风停了，但他们只能静静地呆在吊篮里面无法着陆。这里有跟尼亚萨的岸边一样的蚊子军团，像厚厚的乌云一般遮盖了整个小岛。

博士仍然有点担心，将绳子整个抛出去想要躲避这些可怕的虫子，它们嗡嗡的叫声令博士心烦意乱。

博士测算的该湖相对于海平面的高度，跟斯皮克船长测量的3750尺

———————————

①　尼安萨就是"湖"的意思。——原注

一样。

"我们正在一个岛的上空!"乔说道。无数的蚊子围绕着他。

"我们绕了这岛一圈,"猎人回答道,"这里完全就是蚊子的世界,什么都看不见。"

"按理说,罗列在湖面上的岛屿其实是一些被淹没的小山,"博士轻松地回答道,"但是,我们无法在陆地上找到一个避难所,避免湖两岸一些野蛮部落。既然上帝给了我们一个安静的夜晚,大家就在维多利亚号上睡吧。"

"你不休息吗,塞缪尔?"

"不,我不困。我很难抑制内心的激动。明天如果顺风的话,我们也许就径直向北飞能够发现尼罗河的源头了,就能发现这个至今还无人知道的秘密。现在我们离目的如此近,怎能叫我不激动。"

肯尼迪和乔不理会科学上的考虑,在博士的看护下,很快安心地睡着了。

4月23日,星期三,凌晨四点的天空灰蒙蒙的,维多利亚号又上路了,但是晚上的浓雾将夜空和湖面溶为一体,不过,不久之后,浓雾被一阵大风驱散了。维多利亚号摇晃着径直向北飞去。

弗格森博士激动地手舞足蹈。

"我们的航线完全正确!"他喊道,"很快我们就可以目睹尼罗河啦!我的朋友们,我们现在正在逐渐地越过赤道线进入我们的北半球了。"

"噢!"乔说,"博士,您认为赤道线确实是在这里吗?"

"我确定,正直的小伙子!"

"那真值得开心,我觉得应该喝一杯庆祝一下。"

"去拿烈酒来!"博士笑着说道,"以自己的途径来理解宇宙是值得称赞的。"

大家高举酒杯庆祝维多利亚号越过赤道线的那一刻。

维多利亚号还在快速前进着。大家注意西边湖岸的地势比较低,甚至有些凹陷,由湖岸延伸而去的是地势更高的乌干达高原和乌索加高原。此时风速已增至大约每小时30里。

尼亚萨的湖水剧烈地起伏着,波涛汹涌。仅仅暂短的休息之后,波浪又起，一浪比一浪高向外延伸一刻不停，博士认为，这个湖一定很深。快速飞行期间隐约可以看见湖上飘着一两艘粗糙的小船。

"根据该湖的位置推断，"博士说道，"它应该是非洲东部多数河流的天然蓄水库，流入河流的湖水蒸发成水蒸气之后又通过下雨的途径回到湖里。我认为，这里应该是尼罗河的源头。"

"那也不一定。"肯尼迪反驳道。

大约上午九点钟，气球接近荒凉的西岸。这边除了树还是树，风向偏东，湖对岸隐约可见。湖岸弯曲成一个优美的弧度，这里大约在北纬2°40′，一些高山险峻的山矗立在尼亚萨之滨。山涧形成了一条幽深曲折的狭谷，翻腾的河水一路泻下。

一边控制气球，弗格森博士一边专注地观察着这个地方。

"快看！我的朋友们！阿拉伯人说得很正确！他们说乌克列维湖的湖水从北边流入一条大河，我看到它了，我们顺着流水的方向飞行，它的流速与我们同步！而我们脚下流淌的这条肯定会流入地中海，有河！这就是尼罗河！"

"尼罗河的源头！"肯尼迪高呼，他和塞缪尔·弗格森都异常激动。

"尼罗河万岁！"乔呼喊，当他高兴的时候喜欢呼喊万岁。

巨大的岩石突出在这条神秘的河流里。河水拍打岩石上溅起了浪花，在拐弯处出现急流和瀑布，博士的预言印证了。数百条支流从山涧汇集，从高处落下溅起层层水花。在地上形成的许多细小的水沟相互交错，混合，互不相让，而所有这些细流最后都汇聚到一起形成一条新大河。

"我们肯定看到了尼罗河，"博士坚定地重复说，"它的名字的来源和水流的来源都吸引着无数的学者；它的名字到底是源自于希腊语、科普特语，或者梵语①，但是不管哪种语言，这个秘密都不会持续很久了。"

"但是，"猎人问，"有什么证据让我们以及北方的探险家们来确认河流的身份呢？"

"我们很快会找到不容置疑的证据。"弗格森回答道，"只要风按我们

---

①　一位拜占庭的学者认为尼罗河（Neilos）这个词具有特殊的数学含义。N代表50，E5，110，L30，070，S200；这恰好是一年的天数。

期望的方向再继续一个小时。"

群山之间分布着众多的村庄和田地。这里的村民看到气球都非常愤怒；他们觉得来的是不怀好意的外星人，好像会抢劫他们似的。

"无法跟他们交流。"苏格兰人说道。

"唉！"乔无奈，"真倒霉，我们还不屑与野蛮人交谈呢。"

"但是，我们必须着陆，"弗格森博士说道，"哪怕15分钟。否则无法收获我们探险的成果。"

"一定要吗，塞缪尔？"

"我们必须下降，但遇危险仍然要放枪还击！"

"看我怎么收拾他们。"肯尼迪边说，边擦着短枪。

"听您吩咐，主人。"乔边说着，边准备好武器。

"为科学使用武器又不是我们创的先例，"博士回答道，"过去在一个法国人身上发生了，他当时是在西班牙山野中测量地球子午线。"

"放心，塞缪尔，你的两个保镖很在行。"

"我们到目标了吗，博士？"

"还没到。我们需要升高一些去搞清楚这个地方的准确地形。"

气球再次膨胀，用了十分钟维多利亚号升上相对很高的空中。

地面上错综复杂的河网最终汇入尼罗河。尼罗河从河网的偏西方向流过林立的小山和肥沃的原野。

"我们现在离刚多科洛只有不到90英里，"博士指着地图说道，"与北方探险队到达的最远点仅仅差5英里。我们慢慢下降吧。"

维多利亚号降低2 000多尺。

"现在，我们要准备好应付一切不测。"

"一切准备就绪。"迪克和乔报告。

"好！"

维多利亚号沿着尼罗河在离河床不到100尺的空中前进。这段河床宽50度瓦兹，沿岸的土著居民们在不停地吼叫。在北纬2°，河流形成了一条气势磅礴的瀑布，这个高度维多利亚号根本无法越过。

"这是德博诺先生提到过的瀑布。"博士说道。

尼罗河的河谷渐渐变宽，周围有许多岛屿，塞缪尔用专注的目光在这些岛上搜寻着，他似乎在寻找一个存在他心中但还没出现在眼前的地方。

吊篮下有几个黑人划着小船追赶，肯尼迪开一枪警告他们，子弹并没有使他们受伤把他们吓得逃回了岸边。

"注意点啊！"乔假意劝告他们，"如果是我，绝对不敢再回来！我会很畏惧头上的这个雷公随时会用雷电劈我。"

弗格森博士突然拿着望远镜，全神贯注观望河中的一个小岛。

"四棵树！"他喊起来，"看那儿！"

的确有四棵树生长在小岛上。

"我发现本加岛了！"他补充道。

"那又如何呢？"迪克问道。

"我们在这里降落是最合适的。"

"但这个岛上看来有居民，塞缪尔先生！"

"确实有二十多个土著居民。"

"要把他们赶走也并不困难。"弗格森博士回答道。

"把土著赶走免得妨碍我们。"猎人补充。

太阳高高悬在他们的头顶上。维多利亚号要降落了。

那些马卡多部落的黑人冲着他们又吵又闹。还有人向他们抛出他的果皮帽。肯尼迪瞄准帽子开枪把帽子炸开了花。

枪声使他们吓坏了。土著居民们赶紧逃入河里，游走了。两岸霎时一片枪林弹雨，不过，这对气球来说，没危险，此时铁锚已经固定在岩缝里。乔顺着梯子滑下来。

博士喊道，"肯尼迪，拿着梯子跟我下去。"

"你要干什么？"

"你跟我来作一个证人。"

"没问题。"

"乔，看守好气球。"

"我会的，先生，发生什么事一定记得叫我啊。"

"走，迪克！"博士说着已经来到了陆地上。

他们在小岛的顶端找到了一堆岩石，他们在荆棘中仔细搜寻着，甚至手也被刺出了血。

突然，博士激动地拉住猎人。

"看！"他叫。

"字母！"肯尼迪按照博士指的方向看去。

岩石上确实刻有两个字母。尽管经过风雨的冲刷但还是清晰可见：

A. D.

"A. D."弗格森博士说道，"Andr Debono！肯定是他亲手刻的，他沿尼罗河走得最远！"

"终于找到啦，塞缪尔。"

"我们真的找到了尼罗河？"

"这就是尼罗河！一点不假。"

博士激动地盯着这个珍贵的签名把它的形状和大小仔细画了下来。

"事完了，回到气球上吧！"他说道。

"抓紧，那些土著居民还想返回来。"

"没关系！只要风把我们往北再吹几个小时，我们就到了刚多科洛，那里的人要易于交流！"

十多分钟后维多利亚号升得很高了，这时，弗格森博士激动地挥舞着一面带有大英帝国标志的国旗以示胜利。

第十九章

尼罗河——颤抖之山——思乡——阿拉伯人的叙述——尼亚姆人——乔的猜测——维多利亚号曲折飞行——气球数次上升——布朗夏尔夫人

"我们现在飞往什么方向？"当肯尼迪看见他的朋友在查看指南针，问道。

"北偏西北。"

“怎么办？不是正北啊？”

“是有些麻烦，我认为我们无法顺利到达甚至根本不能到达刚多科洛。我们可能会飞向东部，不过往好的方面想这样就填补了东部和北部探险的空白，这样不更好？”

维多利亚号渐渐离开了尼罗河。

“最后再瞧瞧这条无法逾越的纬线，它是所有伟大的旅行家的遗憾！”博士感慨，“这些就是佩西瑞克先生、德阿尔诺先生、米亚尼先生还有年轻的旅行家勒让先生描述的野蛮部落，我们应该感谢勒让先生对寻找尼罗河作出的巨大贡献。”

“不过，”肯尼迪问道，“这一切和科学预见一致吗？”

“完全一致。白河、白尼罗河①的源头在这一片广阔的湖里，此处就是它的发源地。从此刻起诗歌的有些内容就要改变了，曾经人们总会想象这位众河之王源自天外，古代人称它为‘海洋’，人们甚至认为它直接源于太阳！但是，我们应该抛弃这些不合实际的信仰，接受科学的知识，学者可能不常有，诗人却永远都存在。”

“看，那有瀑布。”乔说道。

“那叫做马克多瀑布，位于北纬3°。它们的位置我非常清楚！我们很快就看不到尼罗河了！”

“有座大山，”猎人说道，“我看见它的顶峰。”

“那是洛热维克山，阿拉伯人描述的颤抖之山，德博诺先生曾经用拉蒂夫·埃芬迪的名字游遍了这个地方。尼罗河附近的部落不断发生残酷的战争，这就可以看出他当时冒着很大的风险。”

维多利亚号被吹向西北方向。为了避开洛热维克山，他们应该找一股向西的气流。

“我的同伴们，”博士庄重地对他的两位同伴说道，“现在我们真正开始穿越非洲之旅。在这之前，我们基本上都是正采着前人的足迹。而从现在开始，我们将变成“前人”。你们有没有勇气？”

“当然有。”迪克和乔异口同声地自信回答道。

---

①　尼罗河在流经的不同区域有不同的别名。

"全新的一段冒险又要开始了，希望上帝能助我们一臂之力！"

晚上十点，旅行家们已经越过山谷森林和散布的村落，飞到了颤抖山的山坡上面，他们沿着缓和的斜坡飞行着。

4月23日是值得纪念的日子，大风推动他们飞行了十五个小时，飞行315英里的路程①。

但是，随着向陌生地区逐步深入，他们竟忧伤起来了，吊篮里一片寂静。弗格森博士陷入沉思，表情凝重，他的两个伙伴已经走神了，目光有些呆滞，也许两者都有，但是，他们都表现出对祖国和远方朋友的深深的思念。唯有乔一幅轻松从容的样子，显然有些无所谓，既然祖国不在身边就当它不存在吧，但是，他尊重无言的塞缪尔·弗格森和迪克·肯尼迪。

大概在晚上十点维多利亚号到达颤抖山②，大家享受着美味丰富的食物，三个人轮流看守和休息。

第二天，休息一夜，大家感觉神清气爽。空中万里无云，风向也如他所愿。早餐在愉快的气氛中进行。

脚下一望无垠，这片土地与月亮山和达尔富尔山相邻，面积有欧洲那么大。

"我们现在很有可能正飞在传说中的乌索加王国上空，"博士平静地说道，"经有些地理学家探讨并推测，在非洲的中部，有一大片洼地的中央是个大湖。让我们去实地考证一下他们的猜测是否真如他们所断言。"

"他们是怎样断言的呢?"肯尼迪疑惑地问道。

"从阿拉伯人口中可以得知。阿拉伯人真的很会编故事。几个外出旅游的人在卡结赫或经过大湖区时，曾经碰上来自中部地区的奴隶，他们详细地询问了这些奴隶所在地的各方面状况，然后将这些零碎归类，因此才有了今天大家看到的版本。不过在这些所谓的故事之中应当还是有些真实的成分，你看，他们就猜到了尼罗河的源头。"

"你讲得很有理。"肯尼迪说道。

---

① 125多古法里。——原注
② 据说，自从一个穆斯林踏进这座山以后，这座山就一直在颤抖。——原注

"凭借这些材料人们尝试描绘出了地图。现在，我要找出其中的一张地图来确定我们的路线，如果有必要，我们可以作点修改。"

"这些地区有居民吗？"乔怀疑地问道。

"不是没有可能，虽然这里环境很糟糕。"

"我也早已料到这个。"

"人们把这些零零散散的部落都统称为尼亚姆，这个词其实是个象声词。表示是咀嚼时发出的声音。"

"是很形象的，"乔重复着，"尼亚姆！尼亚姆！"

"正直的乔，如果你遇到那个部落时，你就不会觉得它奇特了。"

"你是说？"

"这些游牧民族是恐怖的食人族。"

"真有这种人？"

"当然。听说这些土著居民都还长着尾巴，就像四脚动物一样。但是，人们很快就发现那土著居民的尾巴不过是他们披着的兽皮露在外面的而已。"

"真遗憾！用尾巴来赶蚊子该有多舒服呀。"

"但是，这都只是民间的故事，正如布龙·罗莱谣传某些游牧民族还都长着狗头一样。"

"狗头？那叫唤起来可真有趣，连吃起人肉来也很方便！"

"但是，故事已经都被证实了，这部落十分凶残，他们整天疯狂般地到处找人肉吃。"

"我恳请你不要对我花太多功夫。"乔说道。

"你想什么！"猎人说道。

"事实就是如此嘛！迪克先生。如果某天被当作一顿美餐也希望吃我的是您或我的主人！那些野蛮的人，去他的！我甘愿痛苦地死去！"

"好啦！勇敢的乔，"肯尼迪说道，"就这么讲好了，如果真有那么一天，我们一定会依靠你的。"

"我乐意随时为你们效劳，先生们。"乔说道。

"乔这样说是有心思的，他想搏得我们的好感，让我们细心照顾他，把他养得肥肥胖胖。"博士反驳道。

"就是这样的！"乔回答道，"想想人类是多么自私啊！"

午后，阵阵的热浪让天空蒙上了一层雾。很难让人们看清地上的东西，因此，大家都担心会与某个危险的东西相撞。天色暗下的时候，博士发出了休息的信号。

夜晚平安无事。但是更不应该放松警惕。

第二天早晨，风还是猛烈吹着气球，把气球里的热气吹散了出来。风吹着用于向气球充气的导管延伸出去的部分，必须用绳子固定才能让它免于风的肆虐，乔灵巧地做完了这些事情。

同时，他看到气球开口没有被季风的猛烈撕破。

"这是我们最宝贵的东西！"弗格森博士说道，"最重要的是，我们把气球里珍贵的气体保留下来；其次，我们没有让任何易燃的东西靠近气球引起火灾。"

"火灾真是旅行中令人憎恶的事情！"乔说道。

"目前这种情况需要我们紧急着陆吗？"肯尼迪问道。

"现在就着陆？不！照旧让气体静静地燃烧着，等待气球慢慢地降落。这种情况的事故曾经发生在一位年轻的女飞行员——布朗夏尔夫人身上，她因为在附近点火而使气球被烧。但是，她没有掉下去，如果不是因为吊篮不幸撞到烟囱上面把她摔到了地上，她也许还活着。"

"上帝保佑，希望这种事情不要发生在我们头上，"猎人说道，"到目前为止，我们的旅行总体上是一路顺风，我想没什么能够阻止我们继续旅行。"

"我们要坚持信念，我亲爱的迪克！何况，事故总是由于飞行员的不够认真或气球仪器不够准确先进而引发的。然而，在过去的数千次气球升空实验中，由突发意外带来的死亡还不到二十起！一般来说，着陆和起飞是气球升空实验中最困难的。所以，这些事故教训，我们不能忽视任何小细节。"

"该吃午餐啦！"乔说道，"我们还有肉罐头和咖啡可以享用，直到肯尼迪先生再给我们送来新的野味。"

第二十章

破碎的酒瓶——无花果树——棕树——"猛犸树"——战争之
树——长翅膀的套车——两个游牧部落之间的战争——屠杀——神的介入

午饭后风越刮越凶，风向也摇摆不定。维多利亚号像枫叶一样在空中
左右摇摆。一会儿朝北，一会儿朝南，始终没有进入到一股稳定的状态中。

"我们的速度虽快，却没怎么朝前迈进。"肯尼迪看到吊篮上精确的
磁针不安分地摇摆之后担忧地说道。

"气球的速度不会少于每小时 30 法里！"塞缪尔·弗格森说道，"你
们向下看，看一幢幢建筑物在我们脚下越来越模糊！瞧！我们前面的森林
好像在移动！"

"森林不见了！下面没有物体。"猎人回答道。

"空地后面是村庄，"乔继续说道，"瞧瞧这些黑人不敢相信的神情好
像看见了外星人是的！"

"这个表情是正常的，"博士回答道，"当气球被发明时，法国的农民
想要把它捅破，把它当成了空中的不明物。因此，我们应当理解苏丹的黑
人眼睛张得那么大，他们从未见过如此古怪的东西。"

"是啊！"乔说道，"当我们在距离人们 100 尺的空中。下面有人群时
我乐意为你们作个实验，我的主人，要是您答应，我要向那些无知的人丢
一个空酒瓶，如果它掉到地上的时候毫发无损，那些愚蠢的村民无疑会把
它奉若神明，就算摔得粉碎，他们也会把这些碎片收起来当作护身符愿主
保佑他们！"

说完，乔扔了一个酒瓶，酒瓶碰到地上摔得粉碎，但是，和乔所预计
的不同，土著居民们都害怕地躲了起来。

气球仍在飞行，肯尼迪喊道："看这棵树跟其他的不太一样，多么奇

特！上面是一种树，下面是不同的一种！”

“确实！”乔说道，“这个国家的树都是两种树一起生长。”

“这是无花果树的树干，”博士回答说，“在树干上铺盖着一些腐植土。这些腐植土如同肥沃的土地一样，有一天，风把一颗棕树的种子带到了腐植土上，棕树就在无花果的树干上延续了生命。”

“这真是一种闻所未闻的方式，”乔说道，“我要将这种奇妙的办法公诸于世，这会给伦敦的公园带来好处。毋庸置疑是一种增加果树品种的新方法呢。我们会拥有美丽的空中花园，这可正是法国大多数人的心意。”

就在这时，他们的气球必须升高才能躲过一片森林，这片古老的森林里的树非常高壮，都是生长了快百年的榕树。

“大自然真是奇妙啊！”肯尼迪嚷道，“这片古老的森林是我所见过的最美丽的景观了！看呀，塞缪尔！”

“这些榕树真是壮，我亲爱的迪克。可是，新大陆①的原始森林里这种树很普遍。”

“真的！还有比这更高的树？”

“是的，比如人们所称的‘猛犸树’②。事实上，在加利福尼亚，人们发现了一棵长 450 尺的雪松，多么神奇啊！它的高度比我们所拥有的最高的建筑还高，甚至比人类伟大的古物建筑埃及金字塔还要高。根部周长为 120 尺，从年轮上看它已超过 4000 多年的历史。”

“唉！先生，这没什么值得稀奇的！既然一棵树有四千年的岁月，它长得那么高也应该。”

然而，在他们谈话的时候，森林已经过去，出现了一片茅屋，这些茅屋围在一个广场四周，广场中间只有一棵树。乔马上激动不已：“啊！如果这棵树 4000 年前已经是这个样子，我是决不会这样兴奋。”

他看到广场中那棵巨大的无花果树，整个树干上叉满了死人骨头。乔认为是刚刚被割下的头颅，头皮被刀子固定住叉进树干里。

“这是食人族的战争之树，代表着战争的成果！”博士说道，“印第安

----

① 指美洲。

② 原文为 mammoth tree，在英语里，mammoth 可以转义为巨大的意思。

人会把人的整个头皮剥掉，非洲人则割掉整个头颅，这可真凶狠。"

"方式不同而已。"乔说道。

不知不觉中，刚才看见的那个悬挂着血淋淋头颅的村庄已经近在咫尺，另一个村庄上演了同样令人发指的一幕，只剩下一半没有被啃掉的尸体、化成灰尘的骷髅、随意丢弃的四肢的残骸，这些都已成非洲草原上的野兽的美餐。

"这些可能是受处决的犯人的尸体，跟阿比西尼亚的法律一样，罪人只能成为猛兽的美餐，猛兽在一口致死他们之后，像扯布袋一样撕咬他们的尸体当作一顿美餐。"

"这真是一项惨不忍睹的酷刑，"苏格兰人说道，"比起残忍更脏。"

"在非洲南部地区，"博士继续说道，"人们可惯性的将罪人跟牲畜，也许还会把罪人的家人一起关在自己的茅屋里，点上火苗让它燃烧，不一会儿一切都被烧得精光。不可否认是一件残忍的事。但是，我非常清楚，我同意肯尼迪的看法，即使绞刑也没这残忍，尽管绞刑也同样野蛮。"

乔的眼睛是他们三人中看得最明白的，他在飞行实验时也常常利用这个优点，他说他看到几群凶残的鸟类在远处飞行。

"那是鹰，"肯尼迪带上他的眼镜辨看清楚之后说道，"这一种奇特的鸟类，它们的飞行速度和我们一样快。"

"上天保佑我们避免和它们相遇！"博士说道，"就我们来说，它们比刚才所目睹的猛兽和野人部落更令人害怕。"

"那好办！"猎人回答道，"我们开几枪吓跑它们。"

"我也想过这样做，我亲爱的迪克，别指望这个方法了！气球的塔夫绸被它们亲吻一下就会破掉。感到庆幸，与其说这些没有人性的鸟类被我们庞大的气球吸引，倒不如说它们并不知道这是何物，从而不敢靠近。"

"不过，我有个建议，"乔说道，"今天我的主意多得数不胜数。如果我们把老鹰像耕田时的牛一样，把它拴在我们的气球上，它就会领着我们向正确的方向驶去！"

"这个方法以前被提出来过，"博士回答道，"遗憾是，我个人认为这种做法对于那些天性倔强不凡的动物来说很难成为现实。"

"也许可以把它们送进专门训练动物的地方，"乔继续建议道，"我们可以蒙住它们的眼睛，而不是像马戏表演一样，不让他们看见东西。露出一只眼，它们就会飞向相应的方向；把眼眼都蒙上，它们就会停下来。"

"想得太简单了，比起你那些被套住的老鹰，我宁愿顺风而行；这比养老鹰要省钱得多，而且更安全。"

"随你吧，先生，但是，我依然保留我的意见。"

正是太阳高高挂起时，维多利亚号在空中以正常的速度穿梭着。陆地在它下面缓缓走过，不再一晃而过。

突然，嘈杂的叫喊声和呼啸声飘向空中的旅行家们的耳朵里，他们向下看，平原上出现了他们从未看到过的一幕。

一共有两班人马正在进行着激烈的较量，空中飞舞着他们互射的箭。他们完全沉浸战争当中，根本没有察觉到头顶出现了一个宠大的怪物。大概有 300 名左右的士兵，加入了这场斗争；大部分人浑身已经被鲜血染红，不知是敌还是友，在血雨腥风里摇摆着身躯，让人看着十分恶心。

人们发现了气球，战争暂时终止了下来，他们的尖叫声却更加响亮起来。几支箭飞向了吊篮，有的箭非常危险，没想太多乔伸手就抓住了它。

"快给气球加温！"弗格森博士大声喊道，"别粗心！在这个时候须要事事谨慎。"

气球离开后屠杀仍旧进行着，双方近距离地进行搏斗，互相投掷武器；一方有人倒下，那人的同伴就会跑过来砍掉他的头颅；每个部落的女人们也加入到这混乱的搏斗中，捡起血淋淋的头颅，将它们抢回自己的地盘上，她们还时时为捡到越多这些恶心的战利品而互相比较。

"多么心惊胆战的一幕！"肯尼迪厌恶地喊道，"真是不堪入眼"。

"那些野蛮凶残的人！"乔说道，"如果他们穿上体面的外皮，那就和各地的恶霸与无赖没有区别了。"

"我真想参加战斗。"猎人一边说一边想象着。

"不可以加入战斗，"博士回答道，"绝对不能把我们搅合到这种族混战中！你不知道事情的过程，就想扮演救世主来结束这场纷争？尽早离开这令人联想到恐怖与害怕的地方！假设这些种族首领能够这样从空中看看他们的战场，他们也许会失去对战争和荣誉感！"

在这场混乱中有一个首领十分显眼，他的体格十分健壮，像一个大力水手。他将手中的短剑掷到了人多的敌阵中，双手挥舞着斧子不停地砍杀。他将血淋淋的标枪掷出去很远。接着，跑到了一个无力的人面前，砍下了他的胳膊，将这个胳膊叼到了嘴里，不让别人抢走。

"天啊，快看！"肯尼迪说道，"野蛮的人！我再也不能看下去了！"

但在这时，这个首领的额头被击了一枪，倒在地上再也不能动弹了。

看见他倒下，他的士兵都傻了！这种闻所未闻过的死法使他们感到恐怖，而对方看他们没有反应过来。刹那间，那个强悍的首领的士兵被消灭了一半，战争终于停息了。

"我们快点快点离开这吧，"博士说道，"我再也不想看到了。"

但是，事与愿违，他们看到胜利的一方阵营里，互相争夺战争中残留下来的战利品，非常满足地吃着这些肉。

"啊！"乔说道，"真不敢想象！"

气球的气体终于充足了，继续上升；刚美餐一顿的人们叫喊着追了它一会儿，似乎要抓住这个奇怪的东西。但是，最后，它随着气流向南驶去，远离这恶心残忍的场面。

地面出现了波澜起伏的山谷，不再是一片平原。数条的河流向东流去，根据纪尧姆·勒让先生给的资料，它们也许最终会汇入两个著名的湖泊努巴湖或加泽尔湖的支流里。

夜幕降临，经过那么久的飞行之后，发生了一件不幸的事，就是维多利亚号在东经 27°，北纬 4°20′处抛了锚。

第二十一章

黑夜的声音——夜袭——他们在保卫——两声枪响——"救命！救命！"——熟悉的语言——早晨——传教士——营救计划

天色暗淡。博士看不清楚地下究竟有些什么物体；他坐的地方很高，因此无法看清地上有什么。

一如既往，他晚上九点钟负责守护大家的安全，迪克晚上会来接替他让他休息。

"注意安全，迪克，别粗心。"

"发现了有什么不对劲吗？"

"没有！有一点，我听见我们下面有时会有一种声音，时而会出现；我也不清楚我们到底在哪儿。小心谨慎没什么问题。"

"你听见的极其有可能是野兽的声音。"

"不是！好不像是野兽的声音。不管怎样，如果你发现什么，马上通知我们。"

"没问题，你去休息吧。"

博士在躺下前再次仔细听了一下，但是那种奇怪的声音消失了，于是他松了一口气，很快便进入了梦乡。

夜间似乎要下雨，乌云遮住了明亮的月光，奇怪的是，空气中没有一丝风。宠大的气球由一个铁锚捆着，静静地停在原处。

肯尼迪倚在吊篮的旁边，这样可以随时观察喷嘴的火焰是否熄灭，他在这片伸手不见五指的黑暗之中深深的思考；他又望向地平线，担心会出现意外的事情，有时候甚至感觉到有一群东西在眼前出现。

而且时不时，他好像看见在不远的地方有亮光。转眼间，很快便不见了。此后，他就没有发现有光亮。

也许是眼睛熟悉了黑暗，好像看到有光亮都是从眼前飘过的感觉。

肯尼迪这样说服自己，又陷入了沉思之中。突然，寂静的黑暗被一声尖叫打破了。

这是什么声音？

肯尼迪感觉了危险的事情即将发生，差点儿叫醒他的同伴们。但是，他转念一想，无论危险来源于人类还是动物，都不会马上来临。于是，他举起猎枪，拿着夜视镜又把四周仔细巡视了一遍。

很快，他发现几个模糊的影子，正在靠近他们。一丝月光从厚厚的乌云里透了出来，肯尼迪能够看出他们在移动着。

他突然想起了上次的狒狒事件，拍着博士的肩膀。

博士马上从睡梦中醒了。

"嘘，"肯尼迪说道，"先别说话，注意。"

"有什么情况吗？"

"是的，我来解释给你听，但我们还是把乔也叫醒吧。"

乔一醒，猎人就用低沉的声音说了那些人的动静。

"莫非我们又遇见了猴子？"乔问道。

"不太确定！但是，我们还是要小心。"

"我和乔，"肯尼迪对博士说，"我们先去查看情况。"

"这期间，"博士继续说道，"我会把气球作出一些准备，以防出现危险的情况时我们能及时撤离。"

"这个主意不错。"

"我们先去探一探外面的情况了。"乔说道。

"直到逼不得已的情况下才能用枪伤害别人，"博士说道，"这样反而暴露我们的行踪。"

迪克和乔示意答应了博士。他们爬到树上，蹲在一个视线很好的结实的树杈间。

刚蹲下来，他们静静地等着，不敢有一丝松懈。当看到树丛有一点动静时，乔紧张地握紧了迪克的手。

"有动静？"

"是的，它正在向我们靠近。"

"会不会是什么危险的野兽？您再好好听着……"

"应该不是！像是人类爬动的声音。"

"我宁愿希望不会是动物，"乔说道，"更希望是那些无知愚昧的野人。"

"慢慢靠近。"过了几分钟后，肯尼迪说道。

"天啊！有人上来了，我听见他们爬树的声音了。"

"你好好待在这里，我要到那边去看一下什么情况。"

"注意安全。"

在笔直的大树杆上，两人紧张地等待着，这种树就是他们刚才看见的很特别的猴面包树；月亮的光芒被树林挡住了，看得很模糊。然而，乔指着树下，对肯尼兴奋地说道："黑人。"

他们两个交流了一会儿，用只有他们自己能听见的声音。

乔持枪准备射向那群黑人。

"等一下再开枪。"肯尼迪急忙阻拦道。

这时，一些野人不一会儿的工夫爬到树上；他们好像突然从天而降一样，像蛇一样悄无声息地，缓慢地移动着；他们身上涂着厚厚的一层油脂，这种气味将他们出卖了。

不久，就有两个人出现在肯尼迪和乔的面前，就在他们蹲着的树枝上。

"快点，开枪！"肯尼迪说道。

两声枪响起，接着他们从树上掉了下去。这时，刚才还在的一大堆野人都消失了。

但是，在这个乱世当中，出现了一种熟悉的声音，这个声音如此的突然，如此不可思议！是谁在大声用他们熟悉的语言喊："救命！救命！"

他们感到非常意外，赶紧回到了他们的气球吊篮上。

"你们也听见了吗？"博士立刻问他们。

"是的！有人在喊'救命！救命！'"

"很可能那群野人抓住了一个法国人！"

"那人可能和我们是同类人！"

"也许是个传教士！"

"这真是遗憾，"猎人喊道，"他们一定不会善待他，他们会杀了他！"

博士激动万分。

"这是不用怀疑的，"他说道，"一位我们的朋友有了危险，我们不能救他。我们开枪时，他应该感觉到了庆幸，有人来拯救他了。我们不能让他失望。你们觉得呢？"

"我同意，塞缪尔，我们会倾尽全力去救他。"

"那好，我们先商讨一个援救的计划，天亮时，我们要行动。"

"不过，该如何对付这些黑人呢？"肯尼迪忍不住问道。

"这个好解决，"博士说道，"就像你们做的那样，他们不知道枪有多大的杀伤力，所以，我们要乘着他们的无知与害怕。但是，在救人之前，我们要周密地制订我们的计划，我们要实事求是制订营救计划。"

"那个法国人被他们抓住了，"乔说道，"你听……"

"救命！救命！"他似乎只会这句话，比刚才更加小了。

"被野人抓住了！"乔慌张地说道，心里十分紧张，"但是，如果他们在此之前就把他杀掉怎么办？，"

"可能吗？塞缪尔，"肯尼迪紧张地抓着博士的手说道，"如果他今晚就被害了呢？"

"不会的，亲爱的肯尼迪。黑人在处死人时会进行一种仪式，而那要在阳光下；他们需要太阳！"

"那我在他们睡着的时候，把那个人救出来呢？"苏格兰人问道。

"我也去，迪克先生！"

"这个想法是行不通的！不行！这个计划虽然说明了你们的善良和勇气。可是，这样冒然行动没有好处，你会将我们全部暴露，适得其反不是救他。"

"不可能的？"肯尼迪说道，"这些野人很害怕枪声，他们会落荒而逃！他们不会再回来。"

"迪克，相信我吧，听我的吧；我们要全面考虑，如果你不幸落入他们手里，我们整个计划都泡汤了！"

"但是，刚才那人听到了枪声，在向上帝祈求！但我们没有行动！没有人会救他！他很可能认为是他产生的幻觉，没得救了！……"

"我们会让他知道我们的存在的。"弗格森博士说道。

他朝野人逃跑的方向，双手围着嘴巴向外伸展当作传声筒，使出全身力气用法语喊道："我们是来救你的，请不要害怕！三个朋友正守候在您身边！"

传过来的是一阵黑人的叫嚷声，盖过了俘虏的声音，他们什么回答也没听见。

"他们要对他做什么！他们要干什么！"肯尼迪叫了起来，"我们这样喊叫只会害了他！我们必须现在进行营救！"

"但是，我们该怎么做，迪克？在漆黑中你做不了什么。"

"噢！黎明快到来吧！"乔大声说道。

"啊，太阳升起。"博士若有所思。

"有一个很好的办法，塞缪尔，"猎人说道，"我到树下去，用猎枪吓跑他们。"

"那么你呢？"弗格森转身对着乔问道。

"我会低声告诉那个俘虏我们准备逃跑的方向。"

"你打算怎么告诉他？"

"用我在前段时间野人部落战争时差点被射到的这支箭，把它射向那个需要营救的人，还可以冲着他大声喊告诉他逃跑的方向，反正这些黑人听不懂我们的语言。"

"你们说的计划都不是最好的，我的朋友们。我们要做的是让杀他的那个野人放松警惕时，再乘机救出他。至于你，迪克，用猎枪吓跑他们，你的想法可以一试；但是，万一计划失败，如果他们抓住了你，那么我们徒劳无功，反而增加了我们的难度。划不来！我们得有万无一失的计划才行。"

"我们开始吧，不要再瞎想了。"猎人反驳道。

"好的！"塞缪尔不情愿地说，

"主人，您能够把光明引来吗？"

"或许吧，乔。"

"啊！如果您能做到，我就向外宣布您是世界上最聪明的人。"

博士沉默了，他在思考整个过程。两个同伴看着他，他们为即将开始的战争而特别紧张。

接着，博士打破了沉默："我来说一下我们的计划。既然我们带的东西都原封没动，说明我们的气球上至少还有两百斤压载物。据我分析，这个俘虏已经被折磨得半死，他的重量必定比我们中的每个人都不会重，这样我们只需要减去他的份儿，以便让气球能够更快地上升。"

"那么你觉得该怎么准备呢？"肯尼迪问道。

"就这样做：迪克，如果我将这个人从野人手中救来，接着，你迅速扔掉和他体重差不多的压载物，气球就沉不了。但是，我想升得更快些逃离这些黑人，我需要用比喷嘴加热更快的方法。所以，到那时，如果我要求再多扔一些压载物减轻气球的负重，相信就能更快向上升。"

"肯定的!"

"对，不过还有一点：如果以后我们要下降，我不得不放掉与多扔的压载物同样的珍贵的气体。是的，这种气体对我们来说很宝贵，不过，当这些与人的生命比起来，这些气体就不算什么。"

"没错，塞缪尔，人的生命贵于一切!"

"那么赶快行动吧，把这些压载物堆到吊篮边上，以便使我们能缩短时间。"

"太阳还没出来呢?"

"这对我们有利，准备工作已经完成，天就会亮。小心，将武器放在身上，可能会用到枪。我们多准备一点武器，以防万一，两支来复枪子弹12发，我们准备3支总共17发子弹，要马上发射出去。但是，如果可以，我们不用开枪，一切准备妥了吗?"

"好了。"乔回答道。

压载物已经移到了吊篮边，枪膛上了子弹，一切准备就绪。

"好，"博士说道，"你们在抢人时要注意周围的事物。乔把压载物朝下丢，迪克救俘虏。但在我没有要求你们行动前，你们谁也不许动。乔，先去把铁锚从树上松开，但是要赶紧回到吊篮。"

乔很干脆地下去，把铁锚卸开又折回来。气球被松开，周围只有微风吹过，气球几乎一动不动地在空中摇摆了起来。

此时，博士确认了他们有的那些气体可以在紧要时刻解燃眉之急，这样就不需要在气体不够时使用本生电池。他取出两根没有联接的线，用来分解水。并且，他又拿出两块尖头炭，两块尖头炭分别处于两根导线的两端。

另外两人不明原因，但是都没有打断他；当博士把所有准备工作结束后，他站了起来。他每只手拿着一块刚从旅行袋里拿出的尖头炭，将它们连在了一起。

两块炭发生了强烈的反应，非常刺眼，发出了强烈的白光，顿时夜空犹如白昼一样。

"噢! 我的主人，这太神奇了!"乔感叹道。

"安静。"博士说道。

第二十二章

耀眼的光芒——传教士——光线中的营救——遣史会传教士——没有多少希望——博士的照顾——献身精神——途经火山

耀眼的光束被博士高高举起，停在最嘈杂的地方。他们马上向那儿望去。

气球慢慢地停在一片空地上，它在这棵树上像被绑在树干上一样。在耕作的田地间，可以清楚看见他们所生活的房子，村子的居民都跑了出来，在一起不知道发生了什么事。

在气球下面有一根柱子死死地插在地上。柱子下面捆着一个人，看起来像是一个年轻人，顶多三十岁，皮肤发黑，衣不遮体，骨瘦如柴，衣服被血染红了，上下都是血，凝固在伤口周围，脑袋无力地低在胸脯上，让他们想起一个扛着十字架的耶稣。中间的头发比较短，他曾经是一个牧师。

"他是一位传教士！一位牧师！"乔大声说道。

"天啊！真是太可怜了！"猎人答道。

"我们动作快点，迪克！"博士说道，"他似乎太虚弱了！"

那些黑人看到巨大的气球发出了刺眼的光芒，光芒照向牧师，看上去像是颗彗星，这个现象使他们看呆了。可怜的牧师听到了他们喊叫声，昂起了头。他的眼睛迸发出一丝希望，脸上写的表情说明他并不知道发生了什么事情，但他还是向这些营救者伸出了双手渴望他们的救助。

"他还活着！他活着！"弗格森兴奋地喊道，"太好了！这些野人非常畏惧我们的气球和突然出现的光芒！我们乘这个机会救他！我的朋友们，大家快点准备。"

"我们早就准备就绪啦，塞缪尔。"

"乔，把喷嘴的火关了。"

乔马上把喷嘴火熄灭。这时有一阵风轻轻地吹着维多利亚号，同时，因为火的熄灭上升转为了下降。它在空中待了十分钟。弗格森将两个尖头发出的光束照到那些惊恐的黑人，在各个地方不停地照着。整个部落被从来没有的恐惧包围着，大家都跑回了自己的茅屋，整个村子一下子空无一人。博士的预料得到证实，当维多利亚号在黑暗中发出耀眼强烈的光线时，它所起的作用简直与太阳相提并论。

吊篮快贴近地面了。这时，几个无知的野人读懂了他们的想法，这个巨大的东西要夺走他们的祭品，他们又一起围了过来。肯尼迪拿起了猎枪准备吓唬他们，但是，博士劝阻他不要开枪。

牧师依旧躺在地上，但是没有站起来，他并没有被绑住，他如此虚弱，即使不绑住他也不会逃跑。当气球快要落在地面时，猎人跳下吊篮，猎人将猎枪放置一旁，把牧师抱了起来，轻轻地把他抱到了吊篮里，与此同时，乔迅速将预计的压载物扔了出去。

博士以为会像他预想的一样飞速上升，但是，意外出现了，气球在离开地面一段距离后，就停止了。

"发生什么事情了？"他喊道，十分惊讶。

几个野人聚在下面，想要把他们拉下来。

"天啊！"乔向外看，喊了起来，"有一个黑人把住我们的吊篮！"

"迪克！迪克！把水箱抛下去！"博士喊道。

迪克了解博士的意思，掀起一个非常沉重的水箱，把它丢出吊篮。

轻了100多斤的气球在空中轻松上升，地面的那群野人看起来越来越小不停地叫喊着，他们逃离了这个恐怖的地方。

"哇！"他们一齐喊了起来。

与此同时，气球又向上蹦了一下，这一蹦使他们离地面和那些野人更远了。

"又有什么事？"肯尼迪问道，几乎跌倒在吊篮里。

"好消息！就是那个野蛮人离开了我们。"塞缪尔·弗格森像已知结果一样回答。

他们向下望去，他看见那个野蛮人，双手张开，在空中飘落，不一会儿，就落在地上像肉末一样摔得粉碎。博士随即把两根导线分开，周围又恢复了原来的样子。此时已接近凌晨一点。

获救后一直失去知觉的法国人醒了过来。

"您脱离了危险。"博士对他说道。

"获救了，"他用英语回答道，随后露出凄凉的笑容，"不会被他们折磨了！亲爱的朋友们，我由衷地谢谢你们。可惜，我已经精疲力尽，我已经快要离开这个世间了！"

接着，传教士缓缓地闭上了眼睛，再一次昏迷了。

"他不行了吗？"迪克喊道。

"不至于，不过，他的身体很虚弱，我们得给他足够的休息时间。"弗格森俯身仔细地查看了一下身体回答道。

他们抱起传教士轻轻地放在被窝里，他的躯体只剩下皮包骨，满身都是伤口，有的伤口还是新的，滴着鲜血，烙铁和烧伤的痕迹在他的身上遍体都是。博士给他清理好伤口之后，将一块手帕轻轻放在伤口上面，他动作非常轻。接着，他从药箱里拿出一种治疗伤口的药，喂牧师喝了下去。

牧师颤抖了良久，艰难地说道："谢谢！谢谢你们！"

博士知道，目前他需要慢慢调整。他放下帐篷的帘子，又走到外面开始检查气球的状态。

他在加上牧师的体重之后，气球上减少了近180斤重量。所以，不用点燃喷嘴，气球也可以照常飞行。天快亮时，出现的一股风把它吹向西偏西北。弗格森又查看了一下牧师的状态。

"但愿我们能救活这位在危难中结交的朋友！"猎人说道，"你觉得他的生命可以延续下去吗？"

"会，迪克，如果我们细心照顾他，加上这纯净的空气。"

"这个人经历了多少痛苦啊！"乔怜惜地说道，"他比我们更勇敢，独自来到这些未开化的黑人中！"

"的确比我们勇敢许多。"猎人回答道。

在牧师没有醒来前，博士吩咐他们不能打扰这个虚弱的人的睡眠。他睡得深沉但又很不踏实，有时会断断续续地夹杂着应该是在受虐待时的痛苦的呻吟声，这让人感到不安。

月亮爬上了天空，维多利亚号停了下来，这一晚，肯尼迪和乔主动要求照看这位虚弱的病人，弗格森在晚上为大家放哨。

第二天清晨，维多利亚号的方向微微向西偏移了一些，病人的身体慢慢康复了。他甚至可以表达清楚地与新朋友们说话，大家把帐篷里的帘子拉开，他可以幸福地享受着清新的空气看外面的蓝天。

"您感觉怎么样？"弗格森问道。

"我感觉很好，"他回答道，"不过，我亲爱的兄弟，我迷迷糊糊！我都不知道我怎么逃离那个地方！你们怎么会在这里？希望在我临死前的祈祷中有你们的名字。"

"我们是来自英国的旅行家，"塞缪尔回答道，"我们在进行一项探险，我们试图乘着气球横跨非洲，在这里，我们救了您。"

"科学时常出英雄。"传教士大声说道。

"宗教也出高尚的人。"苏格兰人回答。

"您是牧师吗？"博士问道。

"我是法国一个教团牧师。上帝让你们拯救了我的生命，不敢相信！这一定是上帝的意思，我的生命早就交到了上帝的手中！既然我们来自同一个国家，就给我讲讲我的祖国，讲讲法国吧！来到这里之后我没有听到任何消息。"

"你独自在一群野人中间！"肯尼迪叫了起来。

"他们都很可怜，他们需要拯救灵魂，"牧师说道，"他们是无知愚昧的人们，只有宗教才能够拯救他们，使他们认识世界。"

塞缪尔·弗格森按照牧师的话，跟他谈了很多有关法国的事情。

牧师听得很仔细，眼里含着激动的泪水。这个传教士还把肯尼迪和乔的手握在自己因为高烧而发烫的手里。博士为他泡了几杯茶，他非常满意有这些东西供他享用。过了一会儿，他的精神有一点好转，他坐起来，看到自己在漫无边际的空中飞行。

"你们真勇敢，"他说道，"你们一定会衣锦还乡的。你们会回到你们的祖国，回到亲人的身边！……"

年轻的牧师还是很虚弱，必须让他多休息。他有时会沉睡很久，就好像已经停止呼吸一样。弗格森害怕牧师会突然去世，他感到牧师快要离他们远去。难道就这样让他们刚从那群野人手中救回的朋友离开吗？他重新给牧师包扎了一下伤口，拿出饮用水，给牧师不停地擦拭。他细心体贴地照顾着病人。病人在他怀中，恢复了知觉，或者说生命。

博士在他断断续续的谈话中渐渐了解了他的经历。

"用法语吧，"他对病人说道，"我会法语，这样可以节省你的体力。"

这个牧师是一位经历坎坷的法国年轻人，他生于莫尔比昂省，布列塔尼区的阿拉东村，他从小就在教会工作。他加入圣樊尚·德·保罗创建的传教团，不仅信仰精神，他还不惜为此献出生命。二十岁时，他走出祖国来到非洲海岸。他从法国，一步步战胜障碍，克服各种难关，边走边布道，一直走到上尼罗河支流周边的部落。两年间，他的宗教被驳斥，他的热情被当作阴谋，他的怜悯被无视，他被尼亚巴拉最残忍的一个部落的人抓住，成为虐待的牺牲品。尽管这样，他仍然没有放弃自己的理想与信念。那个分裂的部落的游牧民族间时常发生内战，在一次战争中，他们以为他死了而把他遗弃在战场上，不过，他没有趁此机会逃路，而是一如既往地宣传教义。他最轻松的时刻是他因信仰不同被认为不正常的时候，他对这些地区的风俗十分清楚，他一直在坚持。最后，在长达两年间，他依靠上帝给予他的信仰，走遍了这些荒芜野蛮的地方。过去的 365 天里，他住在这个叫作巴拉富里的尼亚姆·尼亚姆古老部落，它是最没有人性的部落。该部落的首领几天前挂掉，人们认为是他的到来带来的晦气所以准备杀了他！他已经忍受了 40 个小时的酷刑。正如博士所猜测的那样，他将在正午的烈日底下被处死。当他听见远处的枪声，本能使他有了动力。"救命！救命！"他喊道。当他们即将拯救他的声音传入他的耳朵的时候，他还以为自己在做梦。

"我这么做是为了拯救他们，"他补充道，"我马上要见到他了，我把我的生命交给上帝！"

"别这么想，"博士回答道，"我们就在这里。我们不会让你就这样离开的，就像我们把您从绞刑架上救回来一样。"

"这已经足够了，"牧师回答道，肯定着自己即将死去，"上帝在召唤我前还让我紧握朋友的手，倾听自己的母语，远离那些无知的人，这是多么令人畅快的事情。"

牧师的声音逐渐消失了。一天就这样在他们与牧师的谈话中接近尾声，肯尼迪一直都不放心，乔则躲到一边伤心地落起了眼泪。

维多利亚号似乎固定在了原处，风也像在为牧师不忍，不忍用狂风攻击他们。

夜晚来临了，乔看到了西边有一大片亮光。如果是其他地方，也许人们会误认为这是北极光，天空像着了火一样红通通的。博士一处不落的观察了一下周围的环境。

"我们好像碰到了一座活火山。"他说道。

"风把我们吹向了这里。"肯尼迪说道。

"好！我们再升高一点应该能够越过这座活火山。"

过了几个小时，维多利亚号飘到火山口的上方。它的现在位置是东经24°15′，北纬4°42′。在它前面，刚才亲眼目睹了那个火山口溢出了像湍急的河流般的熔岩，岩浆喷发。红色的熔岩像山洪爆发一样流了下来。真是罕见的现象，说危险，是因为气球被风带到火山口附近，就变得一动也不动。

他们无法绕过这个火山，没有选择，只能越过它。喷嘴的火烧得很旺，维多利亚号升到了一个安全的高度，在它与火山之间还隔着一段距离。

精神恍惚的牧师，在床上静静地躺着，从床上则可以看到正向外喷发的火山口，千万束火光向爆炸般从火山口里喷发了出来。

"我从没见过这样的景色！"他说道，"世界真是奇特，伟大的上帝！他甚至用这种特别的方式来证明他的存在！"

炽热的岩浆从高处向下流，形成了厚厚一层黄色地毯。里层的气球在一片火光中里棱角分明。热浪一直往上冲他们在吊篮中感到了一股热气，弗格森博士马上给气球加热离开了这个危险的火山。

直到十点的时候，维多利亚号摆脱了那个危险的地方，大山已经被气球远远地落在后面，维多利亚号降低了高度继续着它的旅行。

第二十三章

可怜的牧师——传教士之死——守护尸体——贫瘠的地方——埋葬——石英石——博士的沉思——珍贵的载重物——发现金山——金钱的诱惑

夜晚又一次来临。牧师还是没有醒过来。

"他快支持不住了！"乔说道，"真是太可惜了！他这么年轻！"

"上帝，让他在我们的怀抱中闭上眼吧！"博士绝望地说道，"他的呼吸变得越来越微弱，我怎么才能救得了他！"

"那些愚昧无知的野蛮人！"乔咬牙切齿地喊道，"这位善良的牧师竟然还说要拯救他们、宽恕他们！"

"乔，上帝在为他的精神而感动，他将在如此美好的夜晚永远离去。从今以后，他不必再忍受，他的灵魂还在，只不过是长眠而已。"

牧师迷迷糊糊地说了几句话，博士将耳朵凑了过去以便能听得更仔细。病人的呼吸很微弱，他需要氧气，他们把帘子掀开，他舒心地享受着明亮的夜晚和微风，星星跟他们玩起了捉迷藏，月光像被子裹在了他的身上。

"亲爱的朋友们，"他一字一顿地说道，"我要离开你们了！愿仁慈的上帝能保佑你们回到家乡！愿他能代我表达对你们的谢意！"

"不要这样说，"肯尼迪回答道，"你不过是暂时的虚弱。您不会有事的！你看看美好的夏夜。"

"我就快不行了，"传教士继续说道，"没什么！我并不害怕死亡！死亡是永恒的开始而不是终止，它只是人间一切事物的了结。请扶我跪下，我的朋友们，感谢你们啦！"

他们一起将他扶起；看到传教士左摇右晃站起来，他们都很不忍心。

"上帝啊！"在生与死的边界徘徊的传教士大声喊道，"请原谅我吧！"

他脸上的表情渐渐变僵。永远离开这片给过他痛苦的土地，这最柔和的月光像是在给他指明方向，在通往天国的路上，他似乎从死亡中又获得了第二次生命。

他最后所做的一切，是在为他们祷告。然后，他又失去了平衡，苍白的脸上挂着两行泪水。

"他已经去了上帝身边！"博士俯身查看他的呼吸后叹息道。

三个朋友跪在地上，在向上帝祈祷。

"我们在明天一早，"祈祷结束后，弗格森继续说道，"就把他留在这片他想要感化的土地上。"

整整一个晚上，博士、肯尼迪、乔轮流守护着遗体，上帝也好像在怜悯他；大家都抽泣了起来。

第二天，风向有所变化，维多利亚号被风吹到了一座大山上空，山里周围都是火山口和荒芜的沟壑，在这个地方极度干燥；堆积的灰色石块，一切都告诉人们这里根本就无人居住。

中午，为了给牧师的举行葬礼，博士决定找一个地方降落，山沟里到处都是深层岩。地上没有生长一棵树能提供给他停靠在上面，所以别无选择降落到地上，幸亏周围的大山挡住了风，让他安稳的停下。

正如我们所知道的，因为在营救牧师和摆脱黑人时丢掉了一部分载重物，他们想要降落现在无可奈何只得放掉一部分气体才能够降落下来；于是，他开始行动。氢气被放了出去，气球如期地向山沟降落。

吊篮一接触到地面，博士就关上了阀门避免过多漏出宝贵的气体；乔跳了下来，一只手抓住吊篮，另一只手捡起石头扔进气球里，它们不一会儿就压住了气球。这样，他腾出了双手可以更快地把石块放进去，不一会儿，吊篮里已经堆满了很多石块。接着，博士和肯尼迪也跳了下来，维多利亚号留在地面上，因为石块的重量使它无法让它往上升。

况且，不用使用太多石块，因为这里的每块石头都不轻，比正常的石块重了些，这一下引起了弗格森的好奇。地上到处铺盖着石英石和斑岩石。

"这真是个奇妙的地方。"博士自言自语道。

正在这时，肯尼迪和乔为了埋葬牧师，找到了一块空地。这个山沟很热，就像个蒸笼一样，正午的太阳使山谷中的温度更加沸腾。

他们先把地上清理干净。接着，准备在选中的空地挖一个深一点的坑，他们怕猛兽将尸体从地里挖出来。

他们把牧师的尸体在他们的祷告声中放入了挖好的坑里。

放好之后又在尸体上面撒了一层土，在土层上面，摆放了很多大石块，并将石块摆成了一个坟墓的形状。

而博士傻傻地站在一旁，像被石化了的雕塑一样。他不知道乔和肯尼迪叫他休息一下。

"塞缪尔，怎么心神不宁？"肯尼迪问道。

"在想大自然的伟大，在想一个不经意的事件对人类所产生的奇特变化。你们发现这个可怜的牧师被葬在多么肥沃的土地上？"

"有什么不一样吗，塞缪尔？"苏格兰人问道。

"这位牧师生前为了拯救罪人而一直过一贫如洗的日子，而现在他的身下却是一座金矿！"

"金矿！"肯尼迪和乔一起不敢相信地喊了起来。

"不用怀疑，"博士平静地回答道，"你们用来埋葬牧师的这些不寻常的石头，看起来没什么特别的，其实却是纯度很高的金矿。"

"不是开玩笑的吧！不可能！"乔重复着。

"极有可能在这些看似不起眼的岩石里捡到价值很高的天然金块。"

乔立马兴奋地冲向遍地的石块，肯尼迪也是一样。

"不要冲动，正直的乔。"博士冲他大喊。

"先生，您别阻止我们。"

"怎么！你想把这些东西带走！"

"喂！先生，光说是没有用的。"

"嗨！你想一想。这么多财富对我们没有用处，我们又不能带走它。"

"不能留着它？为什么啊？"

"如果把它放进吊篮里那太沉了！我一直在想是否告诉你这个发现，免得你以后后悔。"

"是这样吧！"乔说道，"难道你想让我放弃这些金块！这么多属于我们的财富！这是我们第一个发现的！放弃它呀！"

"我的朋友。你忘了你的理想了吧？难道你这么健忘忘了牧师所说的作为人类的崇高理想吗？"

"我记得，"乔很干脆地说，"但是，这些可是价值连城的金子啊！肯尼迪先生，您就让我多捡些这些够花一辈子的矿石。"

"我们该作何选择呢？"猎人说道，大声笑了起来，"我们可不是为了矿石来到这儿的，重要的是也不能带走这些矿石。"

"带上这些东西，这太沉了，"博士继续说道，"口袋也装不下。"

"不管怎么说，可以用这种矿石作为压载物吧？"乔狡辩。

"没问题，我同意，"弗格森说道，"但是，如果将这些价值几千镑的矿石往外扔的时候，你不要反对。"

"这些东西价值几千镑啊！"乔接话道，"这些矿石是金子吗？"

"是的，我的朋友；大自然积累的财富都在这里。它可以使任何多数国家富有起来！在这么贫瘠的地方再创造一个强大的国家也不成问题！"

"如果我们就这样离开，这些矿石就一直会保持沉寂吗？"

"也许！不管怎么说，我还是要让你知道这件事。"

"想让我忘了几乎不可能了。"乔反驳道。

"听着。如果你希望这些金子能给你的朋友或家乡带来财富的话，我会把这个金矿的准确位置记下来，送给你，等你回到家乡后，你可以把它告诉大家。"

"好吧，主人，我知道你说的是对的；既然没有其他办法，也只能这么做。但是如果我们在吊篮里用矿石代替压载物，旅行结束时这些矿石或许能使我们发点小财。"

还没说完，乔就开始把矿石放进吊篮里，他满怀期待地走了过去。很快，他就装上了价值10 000镑的矿石，它的含金量可与硬度很高的矿脉相比。

博士微笑着看着他，此时，他测了一下这个地方的经纬度，发现传教士的坟墓位于东经22°23′，北纬4°55′。

然后，他向坦葬这个可怜的法国人的地方看了一下，想要记在心里，就回到了吊篮里。

他本想留一个什么东西表达对牧师的尊敬，放在这个被孤立在非洲沙漠上的坟墓前，但是，四周什么东西也没有。

"上帝会记住他的坟墓。"他喃喃自语道。

弗格森还是表现得很不放心；他宁愿把金子扔掉换点儿水；愿意用任何东西来交换他们救牧师时扔掉的那个水箱，但是，事实上，这是不可能发生的事情。他一直有不祥的预感；喷嘴需要水一直不断地补给，然而，他已经感到水供不应求了，所以，他决定要抓住任何一个可能得到补给水的机会。

他走近吊篮，发现吊篮里堆满了乔带回的石块；他沉默了，肯尼迪也随后到了吊篮上，乔在两个人后面，贪婪的眼不时地瞟向那些石块。

博士点燃了喷嘴，蛇形管开始热起来，不一会儿，便产生了氢气，气球膨胀起来却一动不动。

乔注意着博士操作的动作一言不发。

"乔，"博士喊到。

乔装作没有听到。

"乔，你没听到我说话吗？"

乔无奈地点着了，可他却宁愿没听懂。

"如果你愿意为吊篮减轻一点负担，我会很高兴。"弗格森冰冷地说道。

"可是，您不是说过……"

"我只答应过你用这些矿石当作压载物，就这样。"

"可……"

"你不会是要永远呆在这片恐怖的沙漠吧？"

乔垂头丧气地看了肯尼迪一眼，但是，猎人表现出无能为力的样子。

"可能吧!?"

"是不是喷嘴坏啦？"这个贪婪仆人继续说道。

"喷嘴燃烧绝对没坏，我敢肯定！还不就是，只要你减轻了气球重量，它就能再飞起来。"

乔迟迟未行动，拿起一块最小的石英石，左顾右看，说："这块石英石大概有三四磅重，就它吧！"

维多利亚号还是没有起飞。

"那个！"他说，"现在可以了吗？"

"不行，再扔。"博士摇摇头回答道。

肯尼迪苦笑着。乔一连又扔了十几磅，可是气球还是没动。乔的脸色越来越难看了。

"迪克，据我所知，我俩加起来应该有四百斤。所以，可想而知，可怜的小伙子，你必须要减掉与我们等重的石英石。"弗格森面无表情地说道。

"四百斤！"乔吃惊地喊了起来。

"这是我们起飞时不得不做的事情。加油，你可以的！"

无奈的小伙子重新打起了精神，继续给气球减压。中途停下来了几次。

"可以飞了吗？"他时不时地问着。

"它还在原地呆着呢。"博士声音不带任何感情地回道。

"起飞啦！"博士突然喊道。

"继续。"弗格森命令道。

"我保证，它已经飞起来了！"弗格森重复道。

"再扔。"肯尼迪没理会。

于是，乔只能拿起最后一石头，将它不舍地扔出了吊篮。在大家齐心协力下，维多利亚号终于升高了一百多尺，喷嘴正常的燃烧着，没几分就飞过附近的山顶。

"乔，不要灰心，你还有一笔可观的财富，等到旅行结束后我们还能保护好的话，你的后半生就不用愁啦。"

乔什么也没说，默默地躺在他的矿石上。

"瞧，迪克，"博士轻声地说道，"这就是这种价值不菲的金属所带来的魔力，像我们这么优秀的乔也难逃魔掌。这样的一个宝藏，会让人产生多么复杂的情绪，让人变得贪婪，甚至犯下不可饶恕的罪恶！"

晚上，维多利亚号缓慢地向西飞行了90英里。这时，它与桑给巴尔的直线距离已不到90英里了。

第二十四章

风停了——接近沙漠——仔细计划剩余的水——赤道之夜——塞缪尔·弗格森的担心——所处形势——肯尼迪和乔的有力回答——又是一晚

维多利亚号在森林里被一棵孤零的枯树挂住了，在一片寂静中安然无恙地度过了一夜。旅行家们终于可以甜甜地睡一觉了，这是他们盼望已久的事情，前几天所经历的种种事情给他们留下了悲伤的回忆。

快到早上时，空气仍旧一如即往的闷热和平静。气球经过多次努力后总算升到了空中，它幸好遇到一股速度不是很快的气流，被这股气流吹向西北方向。

"我们要加快速度了，"博士说道，"如果我计算没错的话，我们在这之前已经用了十天的时间才走完了一半旅程。可是，按现在这样缓慢的速度走下去，我们可能要数月才能结束全部旅程。现在更糟糕的是，我们的水快断了。"

"不用担心，我们很快会找到水的，"肯尼迪信心十足地回答道，"在这么广阔的地方，我就不信遇不上河流、小溪、水塘。"

"希望会这样。"

"应该是乔的那些矿石耽误了我们的行程吧？"

肯尼迪这么做就是想讽刺一下这个贪婪的小伙子。因为他那个时候跟乔有过同样的想法，所以他更想这样做。只是，他没有将不好的一面展现出来，反而表现出一副超脱的表情。总之，这只是一小段插曲，没别的意思。

乔乞求般地瞅了博士一眼。但是，博士并没有理会他。他恐惧地幻想着这撒哈拉沙漠的无边无际与孤寂，在那儿，沙漠商队经常几个星期也找不到一滴水来解渴。于是，他把所有的希望都寄托在寻找洼地上，也许这是最有效的方法。

最近发生的一边串的事情和对未来的迷茫使大家都提不起劲来，他们越来越沉默寡言了，每个人都陷入了低迷之中。

自从乔有了这片金色的金矿之后，他就变了。他经常无语地、贪婪地盯着那些堆放在吊篮里的宝藏，这些石块也许现在一文不值，然后明天也许就价值连城。

眼前，非洲这一部分的情况让人担忧。沙漠逐渐漫天飞舞，已经看不见一个村庄，甚至连个茅草屋都看不到。植被越来越罕见、偶尔能看见一些稀疏的植物，如同长在苏格兰的欧石南地里一样，白色的沙子和滚烫的石头开始浮出来了，稀疏地分布着几株乳香黄连木和几簇灌木丛。在这片贫瘠的土地上，相继退化的地表上是常见的岩石。这么干旱的程度让弗格森博士开始发愁起来。

几乎没有沙漠商队能够穿越这么颓废的沙漠。这里其实应该有宿营留下的明显的痕迹，也许还有人畜的骸骨，可是什么也没有。大家深切地感觉到无边的沙漠很快就会覆盖这个荒芜人烟的地方。

可是他们没有退路，只能前进。博士没有别的乞求，他原本想祈求仁慈的上帝下一场暴风雨将他带离这儿。可惜，天空中没有一丝迹象！就要到晚上了，维多利亚号前行的路程还没有 30 英里。

如果能尽快找到水源就好啦！现在所有的水加起还没有 3① 加仑！气温高达 90 度②，他们被晒得嗓子冒烟，已到了忍无可忍的地步，弗格森最终分出了一加仑水来解渴。而其余的两加仑水则留给喷嘴燃烧使用。这两加仑水足可以产生出 180 立方尺的气体，不过，喷嘴每小时要消耗掉约 9 立方尺的气体，所以必须在 54 个小时内找到水。一切都在打算当中。

"我们至少能飞 54 个小时！"博士轻描淡写地对同伴们说道，"但是，我决定今晚休息，我们只剩三天半的旅行时间，为了能更有效地找到水源，我们不能错过任何机会。在这段时间里，要尽快找到水。我认为有必要将这个决定告诉你们，我的朋友们，因为我们只剩下 1 加仑水可以饮用

---

① 约合 13.5 升。——原注
② 约合 50 摄氏度。——原注

了，这样一来，我们不得不实行分配制度。"

"我支持这方法，"猎人回答道，"但是，我们仍有希望，我们还有三天时间不是吗？"

"你说得没错，亲爱的肯尼迪。"

"好吧！我们现在要振作起来，那么，三天后也许情况会有所转变，不要绝望。"

晚饭时，大家用白酒来煮饭。不过，情况并没好转，它只会让人更口渴，反而不能解决问题。

黑暗中，吊篮停在一处辽阔的高原上，一大片洼地在高原的正中间，它与海平面的高度相差还不到 800 英尺。这种状况给博士带来了一丝希望，促使博士回想起一些地理学家的猜测，有一片大水域可能现存非洲中部。但是，就算有这个水域，要如何找到那里呢？然而，蔚蓝的天空里依旧没一丝变化。

布满星星的夜晚被平静的白天和强烈的太阳光所取代，从第一缕阳光照射出来时，气温就变得越来越高。在凌晨五点，博士发出了出发的命令，而维多利亚号还是平静地停留在空气中。

博士本打算飞到较高的区域来躲避这股高温；但是，这样就要用掉更多的水，这是绝对不可以的。只好，他将气球停留在距离地面 100 尺的上空，处于这样一个高度，有一股微弱的风把维多利亚号吹向了西边的地平线。

午饭只是由少量的干肉和干肉饼组成。直到中午 12 点，维多利亚号也没飞出几英里。

"速度不能再快了，"博士面无表情地说，"我们并没有掌握它，而是随风飘着。"

"什么？这样下去怎么可以啊，"猎人说，"有些情况下，一定要有推进设备，所以我们要想出方法来才行。"

"也许吧，迪克，但是，如果有好的办法并且不要用到水才行，因为，这样的话，情况就不一样了；而且，到目前为止，在实际应用范围，人们根本就没有取得成果，气球的发明仍然留在原有的发明时的状态。为了解决船舶在水中航行时的状况，人类就利用了 6000 年的时间才做出涡轮桨叶和螺旋推进器。看来，我们还要等待。"

"可恶的热浪！"乔擦着额头流下的汗水愤愤地说道。

"假如我们现在水够用，这热浪还能给我们起点作用，因为，气球里的氢气在它的热力下会膨胀，这样蛇形管里的火焰就可以减少点燃烧量！说真的，如果水充足的话，我们根本用不着这么难受。啊！那个令人恨得牙痒痒的野人，他使我们失去了一桶宝贵的水！"

"塞缪尔，你后悔你那时的行为吗？"

"不后悔，迪克，因为我们曾经将一个需要解救的人救出来了。虽然，我们因此而失去了将近一百多斤的对我们有实质用途的水，它可以将我们的行程缩短十几天，有了它，肯定能穿越这个沙漠。"

"我们还剩下一半的旅行路程要走吧？"乔呆呆地问道。

"从地理上说是的。从时间上说，假设没有风的帮助可能要长些。现在，它似乎有减弱的意思。"

"打起精神，博士"乔接着说道，"现在不是后悔的时候，我们的旅行进行得还很顺利，无论到何时，我都不能放弃。我们会找到水，请相信我。"

然而，地势越来越低，平原顶替了起伏的金山；这是脆弱的大自然所展现出的最后的不平地势。枯萎的野草替代了东部繁荣的参天大树；几簇绿色仍然固执地抵抗着沙子的侵略；从远处山顶上掉落了巨大的岩石，在滚落的过程中被撞击，变成尖锐的石头，接着一瞬间就被风化为沙砾，然后随即演化成到处可见的尘土。

"这就是你预料中的非洲，乔。你说得没错，耐心点儿！"

"嗯！博士，"乔反驳道，"这就是自然界！热浪与沙子！要是在这个地方可以寻找到另外的东西可是不可能的事情！"他接着补充道，"去你的吧，我可不赞同您的森林和草地，这太荒唐！没必要从这么远的地方跑到这里来欣赏英国的乡村风景。这是我第一次有身在非洲的感觉，利用这个机会感受一下也挺好的。"

夜晚即将降临，博士观察到，维多利亚号在这酷热的24小时里只前进了不到20英里。在最后一缕太阳光在地平面上不见时，闷热与黑暗就一并笼罩着它。

明天星期四，是 5 月 1 号。无论发生什么事情，日子还是一如既往地过着，一成不变着；中午，太阳老是照射出炎热的光，而夜晚却将炎热收在自己的背后，让上一个白天的炎热留给下一个夜晚。风，几乎感觉不到，轻轻地吹着，似乎就要消失了，人们几乎感觉不到风的存在。

博士在忧虑中重新站了起来；他心情开始轻松起来，保持着镇定和冷静。他手拿放大镜，观察着地平线上的各个角落。他眼睁睁地看着小山消失，最后一处植被也消失殆尽。在他面前，是沙漠的浩瀚无垠。

肩负的责任压得他喘不过气来，但是他没有放弃。迪克和乔，两个都是最亲密的朋友，几乎是凭着友谊和彼此的承诺，把他们引到了这个荒芜的地方。他这样做是对还是错呢？不应该先考虑他们的安全再安排行程？他不该在此次探险中试着挑战下这个无法战胜的极限吗？上帝该不是要让人类对这块大陆的认识延迟到下个世纪吧？风安静下来的时候，这些乱七八糟的杂念总在他脑海里浮动，因为这些杂念，塞缪尔已经不能再保持冷静和理智。他清醒地认识到不应该这样胡思乱想之后，思考下一步该如何走。要不要返回去，难道不存在能将他们带到比较有水份的地方的上升气流吗？对于走过的路，他很有把握，面对以后该走的路，他一无所知；现在，他的理智占据了上风，他决定直接找两个伙伴进行对话。告诉他们现在的情况；他们做过什么，接下来该怎么走。严格地说，可以选择折回去，这是他们的权利；他们的想法是什么？

"我跟主人走，"乔想都没想地说道，"他所受的磨难我也能受，我不会改变主意的，我与主人共患难。"

"你呢，肯尼迪？"

"我，亲爱的塞缪尔，我要前行。我早就预料到此次行动所包含的风险；从与它们正面相遇时，我就不再胆怯了。所以，我现在是你的，任你差遣。就现在而言，我的意见就是坚持，与它抗战到底。况且，现在回去也不见得是正确的。所以，请继续向前吧，我们相信你。"

"谢谢，我亲爱的朋友们，"博士非常感动地回应道，"我知道你们够朋友。但是，我更需要这些鼓励的话语给我动力。真的很谢谢你们。"

这时三个人的心紧贴在了一起。

"好了！"弗格森继续说道，"根据我的猜测，我们离几内亚湾已不到

300 英里，既然这片海岸以前有人居住，从海岸一直到陆很远的地方都有人居住过，那么，沙漠就不可能没有边际。如果能行的话，我们就向这个海岸飞去，我就不相信找不到一处绿洲、一口水井来添水。可是，我们现在迫切需要的，是风，如果风还这么小，我们就会一直地停在空气里没法前进。"

"我们现在只能等待。"猎人冷冷地说道。

在这漫长的一天里，每个人都呆呆地望着天空，可是却没有出现任何能带来希望的征兆。地面最后的起伏在太阳落下后而消失，夕阳的余辉在这片辽阔的平原上散落着一条条如火的线条。可能只有沙漠才有这种现象。

旅行家们仅仅前进了 15 英里的距离，与昨天相同，耗用了将近 135 立方尺的气体来供喷嘴使用，其中 8 品脱水中有 2 品脱被用于饮用了。

夜悄悄流逝，简直太安静啦！博士一夜没睡。

第二十五章

谈论哲理——地平线上的一片乌云——在雾中——出乎意料的气球——信号——维多利亚号清晰可见——棕树——一支沙漠商队的足迹——沙漠中的水井

第二天，又是炎热晴朗的天空，同样干燥的气流。汽球一直上升到 500 尺。但是，它至少向西面飞行了一段距离。

"我们的面前只有一片沙漠，"博士说道，"这沙漠是那么的无边无际啊！多么神奇的景色呀！大自然的布局是多么神奇！明明那边是茂密的丛林，这边却是金黄的沙漠，即使它们同处于相同的纬度，同在一片相同的阳光的普照下。"

"我亲爱的塞缪尔，这个'为什么'我从没思考。"肯尼迪漫不经心地回答道，"比起大道理我比较关注事实。就是如此，这才是我害怕的。"

"研究一下大道理对我们没坏处，我亲爱的迪克，这是很需要的。"

"那我们就聊聊吧，我很高兴这样。我们有的是时间讨论，现在没什么事可以打扰我们。风还是轻轻地吹着，它好像进入了梦乡。"

"这种情况很快就会改变，"乔说道，"我几乎看见东边有几片乌云在飘。"

"乔说得对。"博士肯定地回答道。

"希望吧，"肯尼迪说，"这片乌云会向我们这边飘来吗？它们能否会给我们带来一阵风雨呢？"

"如果是那样就好了，迪克，看看情况再说吧。"

"可是，博士，今天是黑色星期五，我认为星期五不会发生奇迹。"

"乐观点，我希望今天能纠正你的悲观主义。"

"并不是我悲观，先生。"他不停地擦着脸上的汗水，"如果是在冬天，天热是件好事。可现在是夏天，却不能热过了头。"

"你不认为炎热的太阳会把我们的气球晒坏吗？"肯尼迪问博士。

"不要的，涂在塔夫绸上的马来树胶就算在更高的温度下也不会被破坏。我曾经把它涂在蛇形管内进行加热，它没受一点影响奇迹般地能承受158度①的高温，外罩却没有任何损害。"

"看，有一片我们所盼望的乌云！"乔此刻欢喜地嚷了起来。他比戴眼镜的人看得更准确。

确实，一团大大的乌云正在从地平线那边缓缓地移动着。它看起来颜色昏暗，似乎变大着。由几片较小的乌云组合而成，却丝毫未变地停留在最初的状态，因此，博士猜想到，在这团乌云里不存在着气流。

大概这片乌云就在移动，到了十一点才移到了太阳跟前，像宽大的帘子一样遮住了整个太阳。就在此刻，乌云从地平线的底层升起，地平线上一下子亮光一片。

"只是一片乌云而已，"博士说，"不要对它抱有太大希望。瞧，迪克，它还跟早上一样一点起色也没有。"

---

①　即70摄氏度。——原注

"是的，塞缪尔，它什么也没带给我们，最起码我没有看到。"

"这就是我所担心的，因为它所处的地方太高了。"

"嗯！塞缪尔，我们需要寻找一下这团摆在我们头上也许没有任何气流的乌云。"

"我以为没有必要，"博士果断地回答道，"这会让我们浪费气体，从而消耗掉大量的水。可是，就我们现在并不好的处境来说，是不能放过任何机会，我们还是继续升上去。"

于是博士将喷嘴的火焰燃烧至顶点，将螺旋蛇形管加热，温度迅速上升。没多久，气球通过氢气燃烧的作用上升了起来。

在比地面大约 1 500 尺高的地方，维多利亚号接触到了那团厚厚的乌云，然后进入到这团不透明的乌云里面，并保持在了这个高度。但是，正如所料，里面一点气流都没有，这团乌云甚至没有湿度，里面暴露的东西都很干燥。维多利亚号被包围在这团乌云里面，速度没有明显地加快，其余的并没发生任何变化。

博士无精打采地看着他的决定并没有给他们带来太多的希望，这时，他听见乔的声音："啊！看那边！那边！"

"什么事儿，乔？"

"主人！肯尼迪先生！奇迹发生了！"

"什么奇迹，有什么不对吗？"

"这儿不只我们三个！其他的人！气球里还有其他人！"

"他在胡说八道什么？"肯尼迪问道。

乔像雕塑一样站着，一动不动。

"难道是被太阳晒糊涂了？"博士说着转向了肯尼迪。

"你想对我说什么？……"

"我并不是发疯，先生，您看啊。"乔说着指向空中的一个小点儿。

"我的圣帕特里克呀！"这回变成肯尼迪惊讶地喊了起来，"这是真的吗！塞缪尔，塞缪尔，瞧呀！"

"我也看到了。"博士平静地回答道。

"是一个气球！他们和我们一样是旅行家！"

是的，在 200 尺远处，一个气球确实飘在空中，也有旅行家在吊篮里面，而且它所走的路线与维多利亚号一模一样。

"那！"博士说道，"我们给他们发送信号吧！肯尼迪，把旗拿过来，给他们挥一下国旗。"

而那个气球上的旅行家们似乎也有了相同的想法，因为当他们将旗帜挥动时，对方也同时用同一只手以同样的方式挥着旗子，来表示同样的敬意。

"为什么会这样？"猎人疑惑地问道。

"这是些猴子，"乔叫了起来，"它们似乎在和我们开玩笑！"

"这样好像是你给你自己发信号，我亲爱的迪克，"弗格森笑着说道，"你要表达的是，那对面的气球就是我们自己的。"

"什么，主人，不要见怪，我不明白你的意思。"乔说道。

"乔，你向他们再挥挥手，你自然会明白。"

乔按着博士的话做了一遍，他惊奇地看到自己做的动作马上被重做了一遍。

"不要惊讶，只是海市蜃楼现象而已，"博士解释道，"在沙漠很普遍的一种光觉现象，是由于大气层的密度分布不均而造成，仅此而已。"

"这真是好玩的现象！"乔兴致勃勃地说道，他还是不太理解，就像照镜子一样向着对面摆各种姿势。

"太不可思议了！"肯尼迪继续说道，"能亲眼所见我们真正的维多利亚号是多么令人激动的事！它的外观很好，而且还很壮观，你们觉得呢？"

"没什么特别的，"乔不感兴趣地说，"不过是一种光学现象。"

不久，这个景象慢慢地退去了。乌云上升到了更高的空中，将维多利亚号放到了一边，维多利亚号已没有动力随着乌云飘去，一个小时后，乌云在空中完全无影无踪。

刚开始微微感觉到有点风，可现在一点感觉也没有了，博士失望地向地面降落。

这段小插曲够使旅行家们兴奋了一下。可就这么会儿，他们又被残酷地拉到了现实，重新面对挑战，而且还要忍受着热浪的冲刷。

接近下午四点时，乔不经意间瞧到沙山上有一个东西特别显眼，很快他就肯定地说，那是两棵棕树。

"棕树！"弗格森说道，"应该可以在那里找到水吗？"

他表示，肯定了乔的说法。

"那儿有水！"他重复着，"我们得救了，尽管我们前进的速度迟缓，但是如果持续前进，我们最终一定会到达那儿！"

"太棒了，先生！"乔又喊又叫地说道，"到达前能喝点儿水吗？真的很热。"

"喝，小伙子。"

四周突然变得安静了，大家都忙着喝了 1 品脱水，现在，水的储备仅剩了三品脱半。

"啊！好舒服啊！"乔说，"太幸福了！就算喝帕金斯啤酒我也没这么高兴过。"

"这就是物以稀为贵。"博士回答道。

"没什么值得兴奋的，"猎人说道，"可不想再忍受断水而带来的折磨了，我只要永远也不缺水。"

到了下午六点，汽球才飞到了棕树上空。

这两棵棕树干瘦，没有一丝活力，就像缺少叶子的幽灵。弗格森担心地看着它们。

树下面，有一口被碎石遮挡的井。但是，在烈日的照耀下，这些石头已被风化为沙砾，几乎全将化为灰尘似的，没有一点湿气。塞缪尔有点气馁！正当他要将自己的担心告诉两个同伴的时候，同伴们的惊叹勾住了他的注意力。

在不远处，白骨堆成了一道长线，泉眼被白骨碎块包围着。曾经一支沙漠商队到过这里，枯骨堆就是有力的证据。也许最虚弱的几个早已倒在了地上；而最强壮的，满怀期待地来到了这个井边时，却发现可怕的死亡来到他们面前。

旅行家们面面相觑着。

"我们不能这样，"肯尼迪脸色苍白地说道，"远离这恐怖的地方！这里没有水。"

"不，迪克，我们要去看一下。无论在哪儿度过晚上情况也好不到哪去。我们把那口井往下挖，那儿曾经不用怀疑是有泉水的，也许现在还会剩下点儿水呢。"

博士将汽球降低了下来。乔和肯尼迪往吊篮里装上了沙子为了避免让汽球飞走，然后从吊篮里跳了下来。他们两三步就跑到井跟前，顺着楼梯爬到井下面，可井底却只见灰尘。看来泉水已经干涸了很多年。他们在干燥松软的沙中吃力地挖着，可那些沙子没有一丝湿润的迹象。

博士看见他们从井里出来时，个个都汗流浃背、满身灰土，目光呆滞，看来是一无所获。

他早料想到会是这个结果；因为他已经有所预感，但是他选择了沉默。他知道，从此刻起，必须鼓起每个人的勇气和希望。

乔将几块羊皮囊的碎片包了回来，他愤怒地将这个碎片朝那满是尸骨的沙地扔去。

晚饭时，大家都没有说话，气氛很压抑。

然而，他们并没有真正感受到缺水带来的折磨，有的也是对未来有些迷茫而已。

第二十六章

113度——博士的决定——绝望地寻找——熄灭喷嘴——122度——凝视沙漠——夜间漫步——孤独——虚弱——乔的计划——又是一天

维多利亚号前一天飞行的距离还不到10英里，加上汽球在空中悬浮所耗用的热量，共消耗了162立方尺的气体。

星期六早上，博士做了出发的信号。

"剩下的水只够飞行几个小时，"他说道，"四个小时后，我们还没找到任何的水源，那么在面前的只有死亡了。"

"今天早上跟以前一样平静，主人！"乔说道，"我相信，很快就会改变的。"发现弗格森透露出的绝望表情，他补充道。

这似乎是痴人说梦！空气凝滞在一片蓝天之中，这种死寂让人无法呼吸。热浪令人无法忍受，放在帐篷里面的温度计清晰显示气温为113度①。

猎人和乔在帐篷中倚在一起躺着，他们等待着进入梦乡，至少昏迷一会儿也好，可以将现在的困境抛于脑后。这种不得不的静止真是让人难以忍受。人在无事可做的时候更不好受，但是，现在他们无能为力，更没什么可靠的计划，只有接受目前的难处，而无法将它改变。

大家极度缺水，烧酒不仅没法减少这种痛苦，反而雪上加霜，它真无愧于非洲人给它起的这个形象代称——"老虎奶"。现在只剩下不到两品脱热水。大家都瞟了一下这如此珍贵的水，就是，没人舍得拿它来润润喉咙。就只剩这点水，却还没有摆脱这片沙漠！

不久，弗格森博士陷入了左右为难之中，他反复问自己的行动是否应该。是将一些水被分解来提供气体，使气球能正常飞行，还是将这些水留下来给伙伴们润嘴唇？他们的确在前进着，但是，再飞远一点情况也许会不一样呢？从这个纬度往后返60英里，也可以啊，反正这里缺水。假如现在有风刮来，它在不一样的地方风力也许就会不一样吗？如果遇到是东风，风力也许比这里还弱！但是，意识告诉塞缪尔继续前进！然而，被耗用的两加仑水，可以在沙漠里生存九天！九天中什么奇迹都可能发生！也许，他应该保住这些水，通过卸掉压载物上升的，但是代价是一部分氢气，来使气球靠近地面！可是，那些氢气，就是它的血液，是它前进的命脉！

许多的想法在他脑中交织在一起，他双手托着头，整整几个小时也没抬起过。

"现在的情况很危险！"大约早上十点的时候，他终于开口说，"必须作最后的努力寻找能够将我们带离这儿的气流！这要求我们拿最后的资源来当赌注。"

于是，当两位同伴还没反应过来的时候，他通过加热把氢气的温度提

---

① 约45摄氏度。——原注如此，似有误。下同。

升；气球随着气体的膨胀鼓了起来，在阳光的的烈日下缓慢地升了起来。博士白费力气将气球从100尺升到5英里高空，却没有碰上一丝风。气球不情愿地停留在出发点上，整个世界似乎都沉浸在寂静当中。

用来制造气体的水消耗殆尽了。因为气体的耗尽，喷嘴不再散热。原有的电池停止了转动，汽球在缩小，慢慢地降落下来，又落在了起步的地方。

正午时分，测定指向它所处的经纬度，距乍得湖大约500英里，离非洲西海岸400多英里。

气球刚落下，肯尼迪和乔就清醒了过来。

"怎么不走了？"苏格兰人疑惑地问道。

"那是正常的。"塞缪尔疲惫地回应道。

同伴们明白了过来。因为，地势降低，所以现在地面和海面处于同一平面上。因此，气球在保持平衡的情况下静止了。

旅行家们往吊篮里放跟他们相等重量的沙子，然后跳了下来。每个人陷入了各自的沉思之中，几个小时中，没有交流。乔拿出了一些吃的当晚餐，有饼干和干肉饼，但是，大家都没胃口吃简单吃了几口后，喝了一口滚烫的水，这一餐就草草地收场了。

晚上，没有人放哨，可大家也没睡意。天气炎热得让人发狂。第二天，仅剩下了半品脱水，博士把它保管好，大家决定不到最后一刻不用它。

"我快喘不过气来了，"不一会儿，乔喊了起来，"气温升高了！"他看了下温度计之后说道，"这没什么大不了的，气温有140度①啊！"

"沙子都晒得热乎乎的，"猎人回应道，"就像刚从火炉里拿出来的一样。没有一丝乌云挂在这滚烫的天空！简直让人发疯！"

"别绝望，"博士说道，"在沙漠之中，极度的炎热之后将带来暴风雨，它会以闪电般的速度降落下来；别看现在天空静得可怕，可是，再等片刻，它就能发生翻天覆地的变化。"

"但是，现在一点征兆也没有！"肯尼迪继续说道。

---

① 即60摄氏度。——原注

"耐心点!"博士说道,"气压表好像有下降的趋势。"

"别说风凉话了!塞缪尔,我们现在的状态,像失去翅膀的小鸟。"

"你错了,我亲爱的迪克,我们的翅膀并没折断,我相信它对我们还有用处。"

"啊!起风了!"乔欢喜地喊道,"只有它才能帮我们离开这个让人看不到希望的地方,有了它,我们就有了希望;我们储备充足,加上找到水,就可以美美地过上一个月!毫不隐瞒说,口渴是一件备受煎熬的事情。"

口渴,加上眼前的这片沙漠,这些都会令人精神瓦解。地面没有一丝变化,甚至连树林、小草也没有,一眼望去广阔无垠。这片沙漠令人畏惧,容易让人得上所谓的"沙漠病"。和黄色的广阔沙漠相连合,他们都不敢挑战这份恐惧。在这炎热的气流中,热浪似乎在颤动,就像从炽热的火炉上流出来的。看到这种现象,谁都会绝望的,没有任何起色表明这种状态会停止,因为无际象征的是某种永恒。

人们不仅要忍受口渴的难耐,又要受到高温的洗刷,他们慢慢开始幻想着,他们望着前方,目光呆滞着。

夜幕降临时,博士想用快步走来缓解这种令人忧虑的心情。他希望徒步观察一下附近的地形,不是为了寻找,只是为了打破僵局。

"我们一起散散步吧,"他真诚地对同伴们邀请道,"相信我,这样对你们没坏处。"

"不要,"肯尼迪挣扎着回答道,"我一步也不想走了。"

"我只想睡觉。"乔说。

"这样下去可不行,我亲爱的伙伴们。无论如何,你们必须从昏睡中走出来。喂,来吧。"

然而他们并没回应他,于是,他在这个美丽的夜晚独自步行。开始,举步艰难,他很虚弱而且困难地在沙漠里迈进;但是,他体会到这个决定给他带来的益处。他朝西边行走了几英里,可是精神却振作了起来,猛然间,他感到头晕目眩,他以为自己坠落到了黑暗的深渊,感到膝盖无助地跪了下去。这种孤立无力的感觉让他感到绝望;他是茫茫沙粒中的一个点,就象一个庞大的圆的圆心。也就说,是那么渺少!维多利亚号在黑暗中迷失了方向了。博士被无法控制的恐惧冲击着，他——一位充满智慧和胆量无穷的探险家！他想回去，但是，一切都是枉然。他叫喊着！可是连回应也省去了，他的声音就在寂静的空气中散去，就像一块石头扔进了无尽的漩涡里，他极度无力地倒在了沙子上。

午夜十二点，猎人从诚实的乔的怀里清醒过来，乔仍为主人会不会遇到危险而担心，于是他顺着博士留在沙漠上那深深的足迹找了过去。他终于找到了昏倒在地的主人。

"你醒醒，主人！"乔着急地问道。

"放心，正直的乔，只是一时虚弱昏倒了。"

"谢天谢地！但愿你平安，先生。来，您先起来吧！我扶着你先回维多利亚号。"

乔小心地扶着博士，踏上了来时的路。

"您这样做可不对，先生，这样太危险了。您也许会因此而丢了性命的，"他笑着补充道，"喂，先生，我们来讨论一下正事儿吧。"

"你讲吧，我会听。"

"我们要重新安排一下。我们坚持不了多长时间，假如得不到上帝怜悯的话，我们可就没戏了。"

博士低着头走着没有回答。

"在这非常时间！总需要有人为大家的安全做出牺牲，那个人就是我！"

"我不明白，你到底有什么计划？"

"计划就是这样。我带上吃的，向前走，一直走到某个地方，不要管。在这期间，如果上帝眷顾将顺风带给你们，你们就别等我，继续前进。不要管我，只要为我祈祷就行，如果我到达一个村庄，我就能够走出危难，到时，我会尽全力来找你们的，要不我就死在那里！您觉得呢？"

"想都别想你那可怕的计划，我知道你很正直，乔。但你不可能会跟我们分散。"

"不要再拖延时间了，先生，我们必须有所决定了，这对您没什么坏处。我再郑重其事地声明一遍，请相信我，在危难时刻，我一定会成功的！"

"乔，这不可能！我不会让你去冒这个险的！这只会让大家更痛苦。现在这种情况是上帝给我们的考验，以后怎样谁又能知道呢？所以，我们就耐心点吧。"

"好吧，先生。既然这样，我事先声明：我再给您一天时间考虑，我已决定。今天是星期天，也就是星期一了，因为现在是凌晨一点。如果星期二你想不出更好的方法，我可要按我的计划行事了。这个计划就这么决定吧，我不能再耽误下去了。"

博士没有说话。很快，他回到吊篮里，走到了猎人的旁边。肯尼迪闭着眼睛，但是，这并不能表明他在睡觉。

第二十七章

塔里巴人——追赶——荒芜的地区——温和的风——维多利亚号下降——最后的储备——维多利亚号跳跃——开枪自卫——风变得宜人——塞内加尔河——圭纳瀑布——热空气——飞越塞内加尔河

"要不是昨天晚上我们将多余的重量扔掉，"博士说，"我们此时就不能在这里见面了。"

"可见有备无患啊，"乔说道，"那么我们渡过险境，也没那么困难了"

"我们还不是万无一失。"博士反驳道。

"还会有什么事？"迪克问道，"维多利亚号听从你的指挥，那么，何时你才同意降落呢？"

"什么时候降落？迪克，你瞧！"

旅行家们刚飞过一片林中空地，就看见三十几个骑手，这些人穿着肥大的裤子，上身披着的斗篷迎风飘动。他们都拿着武器，有的是长矛，有的是火枪，骑在马上跟着维多利亚号慢慢前行。而现在，气球飞行的速度也不快。

　　骑手们看到这些旅行家，嘴里野蛮地喊叫着，挥动着手中的武器，黝黑的面孔露出愤怒和威胁的神情，脸上长着杂乱的大胡子，让他看起来更加野蛮。维多利亚号轻松地越过了从塞内加尔河延伸而下的平坦的高原和缓和的斜坡。

　　"果然是他们！"博士说道，"残暴的塔里巴人，据说是埃尔—哈吉最野蛮的隐士！我宁愿在大森林里被野兽围困，也不能落在这帮强盗手里。"

　　"看看他们的样子就知道情况不妙了！"肯尼迪说，"何况他们个个来势汹汹！"

　　"幸好这些野蛮人飞不起来，"乔回应道，"这才追不上我们。"

　　"看啊，"弗格森说道，"这些村庄的废墟，还有烧毁的茅屋！都是他们的杰作；哪里有大片的耕地，他们就会让哪里化为灰烬。"

　　"还好，他们没来得及攻击我们，"肯尼迪说道，"等到飞到河对岸，我们才可以完全脱离险境。"

　　"不错，迪克，但是，不能降落。"博士看了看气压计说道。

　　"不管怎么说，乔，"肯尼迪接着说道，"我们准备好武器总会有好处。"

　　"你说得对，迪克先生。幸亏当初没有把枪扔掉，现在可是大有用处。"

　　"我的短枪啊！"猎人喊道，"我们永远也不要分开。"

　　接着，肯尼迪十分小心地把子弹装进了枪膛里，剩下的弹药足够他使用。

　　"我们现在高度是多少？"他问弗格森。

　　"750尺左右。不过，我们已经没有办法随意升降寻找合适的气流，一切只能任由吊篮摆布。"

　　"真不走运，"肯尼迪说，"风力这么弱，要是我们能碰见之前遇到的暴风就好了，那样这些可恶的强盗永远也奈何不了我们了。"

　　"这帮混蛋跟在我们后面还趾高气昂呢，"乔说道，"还迈着碎步，以为是散步呢。"

　　"要是离得再近点，"猎人说，"我倒想将他们逐个消灭，来给自己添点儿乐趣。"

"就是!"弗格森附和道,"不过,我们倒有可能进入他们的有效射程内,我们的维多利亚号完全有可能成为他们的长火枪的目标。如果他们打破气球,后果不堪设想!"

塔里巴人连续追了一上午。大约十一点,旅行家们好不容易向西飞了15英里。

忽然,在北边两英里处,出现了塔里巴强盗的身影,他们的嘶吼声和马匹全速奔跑的声音远远传来。

"他们很快就会发现我们。"肯尼迪说。

"快放干草!乔。十分钟后,我们就能起飞啦!"

"干草拿来啦,先生。"

维多利亚号已经鼓起了三分之二。

"朋友们,我们照原样爬到网子上吧!"

"爬上来啦。"猎人回答道。

十分钟后,气球晃晃荡荡地向天空升起。塔里巴人就在附近了,离旅行家们相隔不到500步。

"抓紧时间!"弗格森喊道。

"别着急!主人!别着急!"

博士又用脚往火堆里添进了些枯草。

温度越来越高,气球完全膨胀了起来,它擦过猴面包树的树枝一跃而起。

"出发!"乔喊道。

喊声未落,响起了一连串枪声,一颗子弹差点打中他。不过,肯尼迪弯下腰来,一只手举枪还击,一个敌人应声而倒。

强盗们疯狂地叫喊了起来,却只能眼睁睁看着气球升到了近800尺的空中。忽然刮来一阵疾风,气球令人担忧地摇晃了几下,而此时,机智无畏的博士和他的同伴们密切注视着瀑布的深处。

整整十分钟,三个人没有任何语言交流,维多利亚号渐渐向河对岸落了下去。

那里站着十多个身穿法国军服的人,他们看起来惶恐不安。不用说他们看见气球从河的右岸飞向高空的时候是多么的惊讶，他们几乎以为这是个天体现象。但是，他们的长官，一位海军中尉和少尉向他们宣布了从欧洲报纸上获悉的弗格森博士的英勇壮举，他们方才明白是怎么回事。

气球中的空气越来越少，它载着紧紧抓住网眼的勇敢的旅行家们就要落地了，但是，谁也不知道是否可以安全着陆。所以，这些法国人迅速向塞内加尔河跑去，把三位英国人接到河岸，而此时，维多利亚号在距塞内加尔河左岸几度瓦兹的地方掉进了河里。

"弗格森博士！"中尉喊道。

"是的，"博士镇定地回答道，"这是我的两个同伴。"

法国人把旅行家们救上了岸，而瘪了一半的气球留在了水里，像个大气泡似的很快被河水淹没，终于消失在圭纳瀑布里。

"可怜的维多利亚号！"乔伤感地说。

博士激动得流下泪来。他张开双臂和两个朋友兴奋地拥抱。

第二十八章

结论——记录——法国人的岗哨——梅迪拿哨所——巴斯利克号——圣路易——英国大型驱逐舰——回到伦敦

这些迎接他们的法国人是该地总督派来的一支探险队；它的成员包括两名军官、海军陆战队中尉迪弗赖斯先生和海军少尉罗达梅尔，还有一名中士和七名士兵。连续两天，他们一直在圭纳瀑布附近寻找一个合适的地方设立哨所，想不到他们成了弗格森博士完成目标的见证人。

大家热烈地欢迎旅行家们，这让他们感到不知所措。既然这些法国人亲眼目睹了三人抵达河岸，他们自然而然的成了塞缪尔·弗格森的见证人。

因此，博士请求他们为自已确认到达圭纳瀑布的事实。

"您愿意在记录上签字吧?"他向迪弗赖斯中尉问道。

"当然。"中尉回答道。

他们把英国人带到河边的临时哨所里。他们在那儿受到热诚的接待,享用了美味佳肴。正是在那里,军人们签署了这样一份记录,至今我仍把它存放在伦敦地理学会档案馆里:

"兹证明,我们亲眼看见了吊在气球网眼上的弗格森博士和他的两位同伴理查德·肯尼迪和约瑟夫·威尔逊①,维多利亚号降落在距我们几步远的河床里,被水流冲走,在圭纳瀑布处被毁坏。特此证明,我们与前面提到过的几位共同在这份记录上签字,为其权威性及合法性作证。——一八六二年五月二十四日,于圭纳瀑布。

塞缪尔·弗格森、理查德·肯尼迪、约瑟夫·威尔逊;迪弗赖斯,海军陆战队中尉;罗达梅尔,海军少尉;迪费,中士;士兵弗利波、梅厄、佩利西耶、洛鲁瓦、拉斯卡涅、吉龙、勒贝尔。

在获得权威合法的证明之后,弗格森博士和他的勇士们那惊险离奇的旅行也圆满的结束了。他们与朋友们接受热情的部落的激情,这些部落与法国殖民地的哨所往来密切。

5月24日,星期六,他们抵达了塞内加尔河,27日,来到了地处该河北面的梅迪拿哨所。

在那里,他们受到了法国军官的热忱欢迎和友好款待。博士和他的同伴们被送上了巴斯利克号小蒸汽船,船沿着塞内加尔河顺流而下,一直把他们送往入海口。

两星期后,6月10日,他们到达了圣路易,受到总督隆重而热情的接待;他们已经完全恢复了平静。乔还对他的仰慕者们说道:

"说真的,我们的旅行没什么了不起,即使它很令人兴奋,我还是要奉劝你们不要效仿。因为到最后,旅行会变得单调乏味。要不是有乍得湖和塞内加尔河上的历险,我想,我们会极度无聊!"

一艘英国大型驱逐舰不久就要扬帆起航,三位旅行家乘上这条船开始返回;6月25日,他们到达朴次茅斯,一天之后就回到了伦敦。

---

① "迪克"是理查德的昵称,"乔"是约瑟夫的昵称。——原注

　　我们认为不必细说皇家地理学会如何隆重欢迎他们和怎样殷勤接待他们。肯尼迪很快带着他那支著名的短枪回到了爱丁堡，他迫不及待地赶回家，好让家里的佣人不用为他担心。

　　弗格森博士和他忠实的乔看起来没有丝毫改变。不过，他们的关系有些不一样了。

　　他们现在是朋友了。

　　几乎所有欧洲的报纸都对几位勇敢的探险家作了大力的报道。《每日电讯》有一天因为刊登一篇旅行摘录，发行量达到了97.7万份。

　　弗格森博士不厌其烦地为皇家地理学会讲解了他的飞行探险经历，三位旅行家获得了1862年度杰出探险金质奖章。

　　弗格森博士的探险最重大的意义是亲身验证了巴斯先生、伯顿先生、斯皮克先生及另外一些人的探险和测量记录的正确性。斯皮克先生、格兰特先生、霍伊格林先生、蒙青格尔先生极有可能到达了尼罗河的源头，甚至曾深入非洲中部。正是根据这些探险先驱留下的记录，我们才能核实弗格森博士在东经14°到33°之间这片广大地区的发现。